Yo siempre seré yo, a pesar de ti

Romántica

Biografía

Teresa López Cerdán nació en Albatera, pueblo de la Vega Baja del Segura, en Alicante, aunque vive en Madrid desde los dieciocho años. Es actriz, periodista y creadora de contenido en redes sociales. Actualmente está interpretando en los Teatros Luchana la obra *Gordas*, escrita y dirigida por Carlos Mesa y coprotagonizada con Mara Jiménez. Dispuesta a acabar con la gordofobia, se ha convertido en abanderada del movimiento Body Positive. *Yo siempre seré yo, a pesar de ti* es su primera novela, y la ha escrito para ayudar a todas las mujeres a sentirse hermosas, seguras y libres.

Teresa López Cerdán

Yo siempre seré yo, a pesar de ti

Esencia/Planeta

Avda. Diagonal, 662-664, 08034 Barcelona (España)
www.esenciaeditorial.com
www.planetadelibros.com

Adaptación de la cubierta: Booket / Área Editorial Grupo Planeta
Ilustración de la cubierta: © Miriam Bauer
Primera edición en Colección Booket: marzo de 2024

Depósito legal: B. 1.906-2024
ISBN: 978-84-08-28509-0
Impresión y encuadernación: Liberdúplex, S. L.
Printed in Spain - Impreso en España

A mi hermano:

Tete, aquí tienes mi primer libro.
Gracias por no dejar que nunca
me dé por vencida

1

El Corte Inglés, buenas tardes

23 de diciembre, seis de la tarde, edificio de oficinas situado en las calles del barrio de Suanzes, encontramos a Karma sentada en una de los cientos de sillas idénticas que hay en la planta en la que trabaja con cara mustia, mirando la pantalla de su ordenador, deseando que den las diez de la noche para salir huyendo hacia el metro y poder odiar un poco el transporte público porque tiene una hora de trayecto hasta llegar a su piso.

¿Algo que la consuele? Mañana es Nochebuena y coge el AVE en dirección a su casa para ser feliz y poder olvidarse del maldito auricular hasta dentro de una semana. Siete preciosos días sin oír a nadie quejarse a través de su oreja. Felicidad, osa llamarlo ella.

Bueno, vamos a dejarnos ya de mamoneo. Karma soy yo, tengo veintiocho años, siento los treinta a la vuelta de la esquina y quiero llorar solo de pensar que voy a dejar de tener la veintena dentro de nada. Es que si me preguntáis cuántos años tengo y yo os contesto rápido sin pensar, pues os digo que veintidós, pero no, queridas, tengo casi treinta y la vida manga por hombro.

(Menuda presión social nos han impuesto al hacernos

creer que cuando se acercaba la treintena venía con ella una vida resuelta.)

¿Por qué he empezado contándoos mi movida el 23 de diciembre? Porque fue el día en que él apareció en mi vida.

Sí, otra novela heteronormativa romántica, ya lo siento, de verdad que yo también quiero luchar contra esta mierda... Odio a los hombres educados en el patriarcado que han decidido no deconstruirse, odio lo que nos hacen vivir, odio como dicen las Pipiolas en su canción *Narciso* que no paguen la terapia si generan tantos traumas y, sobre todo, odio ser desgraciadamente hetero. Pero es que así era yo: una jovenzuela de casi treinta años que trabajaba de teleoperadora para El Corte Inglés por las tardes de lunes a sábado cobrando mil euros al mes, que estaba gorda, que no tenía novio ni intención de tenerlo. Y que estaba hasta el moño de la señora Arribas, que estaba al otro lado del casco gritando que no tenía la Ksi-Merito Frappé Berri Ponch que debería haberle llegado la noche anterior y que su nieta se iba a quedar sin Papá Noel, sin Navidades, sin infancia y sin felicidad por mi culpa.

Podría escribir un libro entero con las anécdotas que me pasaban por ser teleoperadora, pero no quiero aburriros. La señora me puso a su nieta al teléfono con todo su papo y me tocó explicarle a la niña que Papá Noel ese año tenía un esguince y que le llevarían la muñeca (la cual era HORRIBLE y jamás entenderé cómo era tan cara y cómo se había puesto tan de moda) los Reyes Magos, que son más chulos.

Pues ahí estaba yo, muerta del asco, mirando por la ventana inexistente de mi trabajo, deseando que los minutos pasaran volando, cuando de repente llegó. La notificación. El principio del fin. Si ahora pudiera volver a vivir aquel momento sabiendo todo lo que traería detrás...

Pero, claro, yo ahí no tenía ni idea de nada.

Notificación de Tinder: ¡Tienes un nuevo *match*! (Tres emojis de los ojos con corazones)

Notificación de Tinder: Leo te envió un mensaje nuevo.

2

¿Por qué no me desinstalé Tinder definitivamente cuando aún estaba a tiempo?

Deslicé el dedo índice por la pantalla del móvil para abrir la notificación mientras mi cabeza pensaba: «Venga, otro tonto, a ver qué nos cuenta».

Hola, qué tal??? Cómo estás?? (Emoji sacando la lengua, emoji sacando la lengua)

Un saludo bien básico, a mi parecer, pero prefiero eso a los «Heyyy» que más de uno usa por ahí para hablar con damas de alta alcurnia como es mi caso.

Me quedé un poco loca al mirar su foto en miniatura porque el chico me sonaba de algo. Abrí su perfil y, efectivamente, yo con ese había hecho *match* antes... En una de las veintisiete veces anteriores que me descargué Tinder para luego borrarlo y después volver a instalarlo. Así soy yo.

Tú y yo ya hablamos antes de que me quitara Tinder, ¿no?

Jajaja, no lo sé, pero me suenas muchísimo.

Sí, sí, sí, seguro que sí. Eres profe, ¿verdad?

Jaja, pues encantado de nuevo. Correcto. Ese soy yo (Emoji sacando la lengua). ¿Y por qué te quitaste Tinder?

Porque los señores por esta red social acostumbran a darme bastante pereza. Hice *match* con un hombre de treinta y dos años, quedamos para tomar algo y resulta que ese algo estaba en un club de intercambio de parejas. Tuvo a bien no facilitarme ese dato hasta que estuvimos dentro.

Esto es historia real cien por cien, no os lo digo de coña. A mí todo el rato me pasan estas cosas y no sé muy bien por qué. Todo me sale mal en el amor, es que no doy pie con bola. Lo que no sé es por qué lo sigo intentando.

Si me hubierais visto llorar en la taquilla del club de *swingers*... Mira, para qué. Menos mal que pude salir de allí a tiempo, antes de meterme dentro del todo. Sin dignidad, pero salí.

Le conté toda la historia, él solo me ponía «JAJAJAJA» (con mayúsculas y todo), me hacía preguntas maravillosas y me sacaba una sonrisa detrás de otra.

Después pasamos a hablar de su curro y del mío. Era profe de música en un cole, estaba cubriendo una baja, le molaba mucho ser el más joven del claustro y se llevaba genial con los chavales.

Le hablé de mí, le dije que había estudiado Periodismo y Arte Dramático, que el sueño de mi vida era ser actriz, que me estaba marchitando poco a poco mientras trabajaba de teleoperadora y que no estaba siendo mi mejor momento. Que yo antes me reía todo el rato, estaba rodeada de gente y no dejaba de viajar..., pero últimamente la rutina me había devorado por dentro y el trabajo me estaba matando lentamente.

¿Por qué le conté todo eso a un completo desconocido? Sinceramente, no lo sé. Pero me salió. No sé si fue confianza, no sé si era el principio del fin, no sé si simplemente necesitaba contárselo a alguien y justo apareció él para tragarse mi chapa. Pero una cosa sí que sé: no podía dejar de sonreír mientras miraba la pantalla.

3

¿Nos tomamos una cerve cuando salgas del curro?

Estuvimos hablando sin parar hasta que fueron las diez de la noche y me dieron el pistoletazo de salida. Todo a escondidas, claro, que en mi trabajo no podías tener el móvil encima de la mesa.

Mi jefa me pilló un par de veces, pero Irene era lo más, la verdad. Se acercó a mí y me dijo: «Te dejo porque mañana es Nochebuena, pero no te acostumbres».

La conversación fluía, era increíble. Pocas veces me ha pasado eso en Tinder. Hablamos de las locuras que nos habían pasado en la aplicación.

Yo le conté unas cuantas de mis citas desastre: entre las que cabe destacar la del chico con el que quedé y acabó borracho hablándome de su ex, llorando sin parar durante más de dos horas, y otra en la que quedé con uno que me recitó una poesía frente al mar porque eso era lo que nos gustaba a las mujeres...

Él me habló de la chica que en la primera cita lo llevó a un encuentro familiar y lo presentó como su novio. Qué risas me eché con esa historia. También me habló de la periodista que le dijo que estaba escribiendo un artículo y necesitaba vivir la experiencia para poder escribir con conocimiento de causa.

Esa podría ser perfectamente yo.

Por favor, no quedes conmigo,
escribas un artículo y me hagas *ghosting*,
te lo pido.

JAJAJAJAJA, si te portas bien te doy
hasta una segunda cita antes
de desaparecer habiéndote puesto
a parir en redes.

Si merecen la pena, me arriesgo.

Qué tonto eres, venga, háblame de ti.

¿No prefieres que te hable de mí con
una cerveza fría delante?

Hombre, por supuesto que sí, pero
como bien sabes estoy currando.

Bueno, cuando salgas del curro, yo me
acerco a tu zona si quieres y nos tomamos
algo, que me estás cayendo decente.

¿DECENTE? ¿Cómo que decente?
Si soy la chica más interesante
con la que te has cruzado
en esta aplicación del demonio.

De momento vas bien, pero nadie me asegura que no seas una loca...

Loca estoy, eso ya te lo adelanto, JAJAJA.

Algo me huelo, sí. Venga, una *cerve*.

Y me apetecía, me apetecía esa cerveza de verdad. Me caía bien, no parecía el típico básico, me había hecho reír en dos horas más que nadie en los últimos meses... Peeeeeeero tenía la maleta sin hacer, al día siguiente cogía el AVE a las siete y media de la mañana y llegaba a mi piso de Madrid a las once. Demasiadas cosas jugando en contra.

Hoy me viene fatal, la verdad.

Lo sabía, otra que me da largas... Luego no vayas de diferente, que me estás haciendo lo mismo que todas...

¿Ahora es cuando me dices que todas tus ex estaban locas?

JAJAJAJAJA, jamás podría hablar mal de mis ex, son tías de puta madre todas, tengo muy buen gusto, chata.

Punto a favor, me gusta la gente que se lleva bien con sus ex.

Las mías seguro que te caerían bien, si quieres me las traigo a la cerveza (emoji guiñando un ojo)

No, gracias, prefiero que la primera nos la tomemos solos.

JAJAJAJA, punto a favor.

Es que, a ver, si quedamos para tomarnos algo tiene que ser a las once: tengo la maleta sin hacer, mañana madrugo muchísimo...

Vale, vale, lo pillo. Hoy no es el día, pero dime por lo menos que algún día me invitarás a un tercio.

Te invitaré a dos y luego tú me invitas a otros dos, pero tiene que ser el año que viene...

¡¿Cómo que el año que viene?!

No vuelvo a Madrid hasta el 2 de enero, JAJAJAJA.

¡¿Diez días?! ¡¿Podré aguantarme las ganas?!

Hombre, has aguantado treinta años, yo creo que unos días más puedes sobrevivir.

Ni un día más, ¿eh? El 2 de enero tenemos una cita.

4

¿Navidades en familia o Navidades viviendo en WhatsApp?

La excusa era cierta, tenía que hacerme la maleta para más de una semana, irme a dormir pronto y madrugar al día siguiente... ¿A qué hora dejé el móvil en la mesilla de noche para dormir? Pues a las cinco de la madrugada, porque el tonto de los cojones me estaba cayendo increíble y no podía dejar de hablar con él.

Cuando me desperté a la mañana siguiente después de una rica siesta de una hora y cuarto, quería matarlo. Lo primero que hice fue escribirle un precioso y conciso «Te odio».

Después cogí la maleta, el abrigo, pedí un Uber (cobro mil euros, pero a veces me creo parte de la burguesía) y me fui a Atocha. Me encantaría contaros que me pasé la hora y cuarenta minutos del viaje mirando por la ventanilla, pensando en él y escuchando canciones dignas de banda sonora de comedia romántica. Pero no, me pasé todo el viaje durmiendo, se me cayó hasta la baba mientras escuchaba la música clásica que te ponen en Renfe con esos auriculares mágicos que te regalan y que te dejan las orejas en coma.

«Próxima estación: Valencia.»

Bajé del tren y me encontré a mi señor padre esperándome. Bendito hombre, ese sí que se merece todo el amor del mundo. Nos subimos al coche y pusimos dirección a Burjassot, dirección a casita. Escuchando a Sabina. Sabina suena a mi padre, a su coche. Da igual dónde lo escuche, siempre me transporta a ese lugar.

Saludé a mi madre, deshice la maleta mientras ella estaba de pie en el vano de la puerta contándome lo harta que estaba de la Navidad, cómo no le daba tiempo a nada, cómo tenía que cocinar para toda la familia y nadie le echaba una mano.

La miré con cara de pocos amigos y me dijo:

—No me mires así, tú eres de otra época. Yo aquí no puedo pedir ayuda: aquí, o hago yo las cosas o no las hace nadie.

—Pues no las hagas, ya verás como no se queda nadie sin cenar.

—¿Y qué cenamos, pizzas de Casa Tarradellas?

—Pues por ejemplo, las palizas que te metes no son ni medio normales.

—Venga, termina y ayúdame en la cocina.

—Que te ayude mi hermano.

—Laura, no empieces, que acabas de llegar, venga.

(Ah, por cierto, me llamo Laura, aunque todo el mundo me llame Karma, menos mis padres y mis abuelos, pero eso os lo cuento más adelante.)

Como buena hija del patriarcado, me fui a ayudar a mi señora madre a hacer la ensaladilla rusa, la de marisco, los huevos rellenos, a preparar el asado para llevarlo luego al horno... No sin estar todo el tiempo quejándome de que mi hermano debería estar ahí con nosotras haciendo lo mismo.

—Ya sabes cómo es tu hermano, él luego lleva el asado al horno del Venancio.

—Wow, no se vaya a escaldar el huevón..., nosotras venga a pelar patatas y él ya lleva luego el asado.

—Venga, déjate de historias y cuéntame cómo te va en El Corte Inglés.

La persona a la que más le gustaba que yo trabajara ahí era a mi madre, porque me daban descuento de empleada, me enteraba de todas las rebajas y siempre tenía acceso a las mejores compras al mejor precio. Soy un partidazo de hija, la verdad.

Mientras le contaba la historia de una señora que se había reído de mi nivel de inglés por pronunciar «*Turquey Lovers*», así como suena, en lugar de decir «*Charquei Louvers*», sonó mi móvil y me tiré a él como superviviente que encuentra agua en medio del desierto.

Era Leo, lo sabía.

No me odies tanto, que sabes que te caigo genial (emoji sacando la lengua). Buenos días, teleoperadora, yo me despierto ahora...

Deja de usar ese *emoji*, que pareces mi padre. La una del mediodía..., ya te vale, y yo en pie desde las seis de la mañana. Qué injusta es la vida.

Estoy de vacaciones y estaba cansado, alguien no me dejó irme a dormir hasta las cinco de la mañana...

¡¿Que alguien no te dejó qué?! ¡¡¡Pero si fuiste tú!!!

Ya, ya... ¿Qué tal la vuelta a casa?

Y ya ni patatas, ni huevos rellenos, ni mi madre, ni nada... Desapareció el mundo y apareció él. Me olvidaba del planeta, os lo juro, es que desaparecía todo a mi alrededor y solo existía la pantalla del móvil con su conversación en WhatsApp.

5

Deja el móvil, que es Nochebuena

Se lo conté a mi madre. Sí, lo digo.

—¿Se puede saber con quién hablas tanto?

—Con Leo, un chaval que conocí la otra noche en una discoteca.

—¿Ah, sí? ¿Y a qué se dedica?

(Jamás entenderé la fijación de mi madre por saber en qué trabaja la gente y en qué trabajan sus padres.)

—Es profe de música en un cole.

—Ah, mira, muy buen trabajo, me gusta. ¿Y sus padres qué hacen?

—Mamá, lo conocí la otra noche, llevo hablando con él dos días, ¡¿cómo voy a saber a qué se dedican sus padres?!

—Ay, hija, y yo qué sé. Pregúntaselo, a ver qué te dice.

—Mamá, no le voy a preguntar eso.

—Vale, vale, tranquila, fiera. Deja el móvil y quítale el aceite al atún.

Le quité el aceite al atún, corté las olivas (si las llamas «aceitunas» eres terrorista), eché la mayonesa y, diligente, hice todo lo que mi madre me pedía mientras hablaba con él sin parar.

Ella me avisó de la cara de tonta que tenía todo el rato y

me preguntó que en qué discoteca lo había conocido. Le dije que por Malasaña, en la calle. Explicarle a mi madre que tenía Tinder y cómo funcionaba la vaina no era una opción, la verdad.

Terminamos y comimos sopa y pechuga a la plancha (porque como a la noche ya íbamos a comer mucho..., no fuéramos a coger dos kilos en Navidad). Me eché una siesta de campeonato y, cuando me desperté, seguí hablando con él mientras me arreglaba.

Os mentiría si os dijera que no me puse más guapa de lo normal con la idea de pasarle fotos... Me hice un *eyeliner* digno de una *make-up artist*, siete pasadas a las pestañas y unos labios rojo manzana de anuncio de perfume que *just wow*.

Un body de encaje negro, unos pantalones de traje negros, un tacón, unos aros dorados, el pelo rizado en su máximo esplendor... Pocas veces me he visto más guapa en mi vida, la verdad. Fotito de rigor con el ángulo perfecto... «Enviar.»

...

¿Qué te pasa?

Nada, creo que me he quedado sin palabras.

Hijo, es una foto sin más...

¿Una foto sin más? ¿Pero tú te has visto? Estás increíble.

Gracias, gracias.

Corrijo: eres increíble.

A ver quién osaba quitarme la sensación de flotar.

Llegué a la cena y recibí los halagos generalizados de todo el mundo. El mejor de todos, el de mi yaya, que me dijo que tenía el pelo de la Virgen del Carmen y que más guapa no se podía ser. Le di el beso más grande del mundo seguido de un reguero de besos por toda la cara, el cuello y los hombros... Cada vez que le hago eso ella se mea de risa y a mí me crece el corazón. Mi yaya es mi debilidad, cómo quiero a esa mujer.

Leo y yo estuvimos hablando toda la cena de lo guay que era la Nochebuena, pero que sería definitivamente más guay pasarla juntos. Pero ¿qué nos pasaba? Si habíamos hecho *match* hacía poco más de veinticuatro horas... Cosas inexplicables de internet.

Todo el mes deseando que llegara el día 24 para huir de Madrid y, ahora que estaba en el pueblo, no podía esperar a que pasaran los días para poder volver... Qué pereza me doy, de verdad os lo digo.

Me enfrenté a los comentarios de cuñado puro y duro de mis tíos, a la pregunta de para cuándo el novio, al «deja ya el movilito, que hoy no es día de móviles», a los villancicos, a los kilos y kilos de comida, al aguinaldo de la abuela y a ver cómo mis primos abrían sus regalos.

A mí me cayeron unos AirPods y un juego para la Switch (sí, juego a videojuegos, no me juzguéis o juzgadme, la verdad es que me da igual, soy una tía muy friki y lo llevo con orgullo). Definitivamente me había portado genial y diría adiós para siempre a los auriculares de Renfe, o sea, que todo bien.

Él me pasó fotos de todos sus regalos, que no fueron pocos, y un vídeo de cómo su gato se peleaba con el papel del envoltorio.

«Ojalá nosotros tengamos un gatito cuando vivamos juntos...»

«KARMA, DEJA DE PENSAR TONTERÍAS, POR EL AMOR DE DIOS, QUE NI SIQUIERA LO HAS VISTO AÚN EN PERSONA.»

6

Que sea ya 2 de enero, por favor

Pasó Nochebuena, pasó Navidad, pasó la comida con mis amigas, pasaron los días peleando y amando a mi hermano a partes iguales, pasaron los días y llegó Nochevieja.

No voy a repetir que Leo y yo hablamos todos los días a casi todas horas, que le hablé de él a prácticamente todo el mundo. En Valencia era como que no había peligro, estaba lejos y no iba a herir a nadie hablar de él un poquito, ¿no?

«Karma, cuidado, que luego te la pegas...» Sabias palabras de mi amiga Lorena, que es la más asentada y realista de todas.

«¿Tenemos ya foto pene o aún no?» Sabia pregunta también de mi amiga Isabel, que fue contestada con un claro y conciso: «No, Isabel, aún no tenemos foto pene».

«Tiene cara de vasco, es que es muy tú, ¿eh?» Acertada observación de mi amiga Carmen. Claramente sí, tenía cara de vasco y era muy yo. No sé muy bien cómo explicar eso de «cara de vasco», pero es que hay caras que deberían estar empadronadas allí y punto. Tienen esencia euskera, es un hecho.

«Yo no te digo nada, pero si necesitas hablar, sabes que

aquí estoy.» Marta, siempre dispuesta a escuchar sin juzgar, bálsamo puro.

Mis amigas son lo más, nos conocemos desde que tenemos uso de razón. Nuestras madres eran amigas y entre 1992 y 1995 nos tuvieron a todas, así que así somos las cinco: amigas desde la barriga. Nos conocemos tanto que da un poco de miedo, sabemos cuáles son las luces y las sombras de las otras y nos queremos así. Tal cual. Sin apellidos, sin condiciones, sin excepciones. Creo que son mi tesoro más preciado.

Pues en esas estábamos, cenando hechas unas divas en Nochevieja. Íbamos de revista, pero debajo del batín de abuela que llevábamos puesto, porque así somos. Brillos, lentejuelas y taconazos; pero, para cenar, bata y zapatillas de estar por casa, no vaya a ser que nos cansemos.

Para Isa y para mí, vino blanco como si no hubiera un mañana; para Marta, Lorena y Carmen, cerveza Estrella Galicia (no, no puede ser otra). Pan con ajo y tomate, siempre acompañado del clásico «si, total, esta noche no voy a morrear», almendras, patatas fritas de bolsa marca Santa Ana, jamón y queso, tostadas con paté y mermelada... Plato principal: pollo al horno con patatas y *coulant* de chocolate de postre, hecho con las benditas manos de Marta. Somos unas básicas, todos los años cenamos lo mismo y no lo cambiaríamos por nada.

Brindamos, nos emborrachamos y nos fuimos a la plaza del pueblo a comernos las uvas con el resto de la gente que luego iría al mismo sitio que nosotras de fiesta. Porque mi pueblo es así, todos vamos al mismo salón de bodas a bailar hasta el amanecer. Da igual que tengas dieciocho o setenta, todos lo damos todo juntos, somos así de inclusivos.

Nos grabamos (como cada año) comiéndonos las uvas apoyando el móvil en un banco, Marta y yo (como siempre también) nos confundimos con los cuartos, nos atragantamos, escupimos y nos besamos y nos abrazamos. Feliz año, feliz noche y feliz vida siempre que estemos juntas.

Me olvidé de Leo, sé que era una obsesión continua, pero es que ellas consiguen hasta eso. Cuando estamos las cinco todo lo demás me da igual. Y qué bonito me parece.

De camino al local al que íbamos se me ocurrió mirar el móvil y me encontré con un mensaje suyo, de esos largos, de los que te paran un poco el corazón cuando no has empezado ni siquiera a leerlo.

Karma, sé que esto no tiene ningún tipo
de sentido y que no procede
que te escriba todo lo que estoy a punto
de escribir, pero qué quieres que te diga,
de perdidos al río.

Sé que no te conozco, que aún no nos
hemos visto, que igual dentro de dos
días esto no funciona, no hay conexión
y ha sido una semana de hablar con
una desconocida por WhatsApp que
seguirá siendo eso: una desconocida.

Pero déjame darte las gracias por adelantado: eres la primera persona con la que creo que puedo ser realmente yo, no tengo que esconderme, no tengo que preocuparme, no tengo que pensar en qué escribir, simplemente escribo lo que sea que se me pasa por la cabeza y tú ahí estás, dispuesta a escribir «JAJAJAJA» con mayúsculas.

Me flipa tu sentido del humor, tu manera de ver la vida, y no puedo creerme que me hayas hecho sentir tantas cosas sin haberte siquiera tocado.

Estoy deseando que pasen las próximas cuarenta y ocho horas, siento la necesidad real de tenerte enfrente y poder creer que definitivamente no eres producto de mi imaginación.

Feliz año, pequitas, espero que lo pases conmigo.

Pásalo increíble, perrea hasta el suelo. Ah, por cierto, dile a tus amigas cosas bonitas mías, que les tengo que caer bien.

¿Qué se contesta a eso? «¿Quieres casarte conmigo?»

7

Vuelta a Madrid, muerta de ganas y de miedos

No estuve pendiente del móvil en toda la noche, le contesté a aquel mensaje con moñerías que estaban a la altura de las suyas. De hecho, me atrevería a decir que me pasé un poco... Le echaremos la culpa al alcohol y ya está, ¿vale?

Y, no, no os lo transcribo, que os sube el azúcar y luego me culpan de hacer apología de la obesidad.

Los siguientes dos días pasaron rápido, básicamente porque el 1 de enero me desperté a las tres de la tarde, así que oficialmente me quedaba una noche para verle.

Me hice la maleta y con ella se hicieron los miedos: «¿Y si no le gusto? ¿Y si no me gusta? ¿Y si piensa que estoy gorda? ¿Y si no estoy a la altura? ¿Y si no es para tanto? ¿Y si no soy para tanto? ¿Y si...? ¿Y si...? ¿Y si...?».

Que sí, que yo soy muy segura de mí misma..., pero los hombres me sacan todas las inseguridades, los miedos y los complejos. Es como que tengo amor propio para dar y repartir hasta que alguien me gusta de verdad. Ahí, todos mis principios se van al garete y ya soy un manojo de pensamientos negativos que nada bueno tienen que aportar.

Esa noche casi no dormí, a la mañana siguiente desayuné en la plaza del pueblo con mis padres, me llevaron a la estación de tren y ahí sí que me dediqué a escuchar música mientras miraba por la ventanilla.

Nada de romantiqueo, solo trescientas escenas distintas en las que me encontraba con Leo y todas salían mal. ¿Dramática yo? *Nah*...

Llegué a Atocha, pillé el bus (después de Navidad hay que ahorrar siempre), llegué a casa y me la encontré vacía. No estaba Roberto, mi compañero de piso desde que me vine aquí con dieciocho. En próximos capítulos os lo presento, que os va a encantar, es lo más.

Deshice la maleta y, como no podía estarme quieta, me bajé al supermercado y compré cosas para cocinar. La cocina me abstrae.

No hablamos en todo el día, por raro que parezca, supongo que estábamos los dos igual de atacados. Nos habíamos contado tantas cosas... Qué vergüenza, de verdad.

Pasaron las horas VOLANDO. Después de estar más de una semana ansiosa porque el tiempo pasara rápido, de repente no quería que avanzara el minutero. Quien me entienda que me compre.

Me duché y me puse «guapa sin que se note». Técnica inventada por mi amiga Is: te arreglas, pero no mucho; te maquillas, pero no mucho; te peinas, pero no mucho. ¿Resultado? Estás guapísima, pero no parece que lo hayas intentado con todas tus fuerzas. Funciona.

Me puse un peto negro, unas Converse de doble suela negras, una blusa blanca de encaje, el pelo de leona en su máximo esplendor, Carmex en los labios y siete kilos de pánico. Lista para triunfar.

Cuando me vi montada en el metro, dirección Lavapiés, dispuesta a conocer a alguien que en realidad no conocía y a quien sentía que conocía tanto a la vez..., pues estaba literalmente temblando, no habíamos hablado en todo el día. Le escribí un escueto «Voy de camino» y me contestó con otro: «Salgo de casa yo también».

«Próxima estación: Lavapiés.»

No, guapa, no: «Próxima estación: infarto agudo de miocardio».

Subí la escalera mecánica, salí fuera, me apoyé en el cristal de la estación, saqué el móvil:

Estoy aquí.

Llego ya.

Y lo vi llegar treinta segundos después, doblar la esquina. Era él, no había duda. Sudadera negra, vaqueros, Vans, mucho más alto de lo que me esperaba y una sonrisa que no voy a olvidar en toda mi santísima vida.

Se apagaron los miedos, las inseguridades, los complejos y los pensamientos. Ya solo estaba él.

Cómo me gustaba, la madre que me parió.

8

Los hombres heterosexuales con educación emocional resulta que sí existen

Nos saludamos con dos besos, tuve que estirar el cuello para poder llegar (era alto el *jodío*). Me rodeó la cintura con el brazo y, mientras notaba un escalofrío que recorría toda mi columna vertebral, se llenaron mis fosas nasales del que a partir de ese momento se convirtió en mi olor favorito.

Lo supe, es que no me preguntéis por qué, pero era él. Nunca jamás había sentido algo ni remotamente parecido. Era como estar en casa, estaba tranquila, no había pensamientos que no fueran el aquí y el ahora, me conectaba con el momento presente, cuando estaba él no había ni pasado ni futuro. Qué sensación.

Me preguntó que cómo estaba y le dije que, desde que había aparecido, mejor que nunca. Una, que sabe echar piropos...

—No me digas esas cosas, que me pongo rojo.

—¿Que te pongo, dices?

—Ya estamos sacando las cosas de contexto...

Nuestras risas se oyeron por todo Madrid.

Echamos a andar y empezamos a hablar de trivialidades, le conté que había estado cocinando, que Roberto no estaba en casa cuando había llegado, que los AirPods eran lo más... Estuve hablando sin parar, no sé muy bien por qué, porque nerviosa tampoco me recuerdo, pero se lo quería contar todo. Lo importante y lo que no tenía importancia, soy una chica muy habladora, no os voy a engañar.

Habíamos dicho de ir a un local que hace cervezas artesanales, pero cuando llegamos a la puerta estaba hasta arriba, así que tuvimos que conformarnos con el que estaba al lado.

Llegamos y era bastante acogedor, tenía mesas con sillas y también mesas con sofá, sillones y demás. El típico bar de Madrid que montan con todos los muebles que se encuentran por ahí, no tienen ningún sentido entre ellos, pero todos juntos quedan sorprendentemente bien.

Fuimos directos al sofá, sin decir nada. Nos sentamos y la señorita camarera, a la que jamás se lo perdonaré, nos dijo que ahí no podíamos estar solos, que era una mesa de grupo, y amablemente nos sentó en una mesa de dos..., en la cual estábamos uno enfrente del otro y el contacto físico era imposible o definitivamente más complicado que estando los dos en un mismo sofá.

Nos sentamos y pedimos una jarra de cerveza cada uno, medio litro de oro líquido para cada cual, claro que sí.

¿Recordáis que os he dicho que yo no puedo dejar de hablar ni debajo del agua, verdad? Pues desde que nos sentamos estuve callada casi todo el tiempo, Leo cogió el turno de palabra, empezó a hablarme de él, de su profesión, de sus hermanas, de su familia, de lo que pensaba sobre la belleza, sobre la violencia estética, sobre sus miedos... Solo pude callarme y escuchar atenta el relato de su vida.

Se emocionó, se abrió, me contó de todo y sin miedo a mostrarse, sin miedo a enseñarse, sin miedo a decirme las partes menos bonitas. ¿Esto estaba siendo real? ¿Tenía delante a un hombre hetero hablando de emociones? ¿Había encontrado al animal mitológico por excelencia en Tinder?

Sí, queridas. Lo había encontrado.

9

No te calles nunca, por favor

Ahí estaba yo, sentada delante de Leo, con una cerveza de medio litro en la mesa, las manos sosteniéndome la cabeza y limpiándome la baba cada vez que se me caía. Él hablaba, yo solo intercedía para hacer alguna pregunta que otra.

—Lo que más me gusta de mi trabajo es conseguir que los chavales entiendan qué les pasa a través de la música. Es increíble. Tocas una canción al piano, sienten tristeza, les preguntas qué les pasa y te dicen «Me duele aquí», y se señalan el corazón. «¿Cuándo fue la última vez que te sentiste así?» Entonces empieza la verborrea, te lo cuentan todo..., que cuando se enfadan con su madre, cuando su padre no quiere jugar con ellos, cuando se sienten solos...

—Pero ¿los niños no saben identificar la tristeza?

—Bueno, es que los chavales con los que trabajo suelen tener síndrome de Down, autismo... Por eso necesitan hacer terapia a través de la música, porque sienten distinto y a la vez igual, pero la música es lenguaje común para todos. Es increíble cuando entiendes por fin qué es lo que les pasa.

—¿Y solo trabajas con ellos?

—La musicoterapia básicamente sí; luego, en el colegio

en el que soy profe..., pues soy el maestro de música normal y corriente de toda la vida. Tengo dos curros. Aunque conmigo no tocan la flauta, ¿eh?, mis chavales tocan el ukelele porque soy un profe que mola. Tengo clases con adolescentes de todo tipo con los que teóricamente no puedo usar la terapia, pero te mentiría si no te dijera que cada vez que me vienen con movidas no saco mis armas para desarmarlos.

—¿Movidas en plan qué?

—Movidas en plan no me gusta mi cuerpo, odio a mi compañero, la profe de lengua es lo peor, soy superfea... Saco la música y, a través de ella, intento enseñarles a quererse y a querer a los demás.

—¿Tú existes de verdad o estoy en un sueño?

—Pero ¿eres tonta o qué? —se descojonó.

—Te lo estoy diciendo totalmente en serio.

—La persona increíble que está sentada en esta mesa no soy precisamente yo.

—Si me vuelves a decir algo así, me deshago en la silla y te quedas sin cita.

—En ese caso eres una mierda de persona.

—Así me gusta más. Pídeme otro tanque.

—Que sean dos.

10

Mi ex no estaba loca, pero yo sí que fui un completo gilipollas

Le pregunté que por qué había hecho *match* conmigo, que de normal los chicos tan monos como él no me hacían casito. Le dio la vuelta a la tortilla y me dijo que si era así era porque yo no demostraría la actitud que tenía con él, y... y un poco de razón tenía.

Cada vez que veía a un chico que me molaba, me comportaba como si fuera su mejor amiga y, claro, así acababa enamorada de todos mis amigos. Evidentemente no tengo un físico que atraiga a la mayoría de los señores a golpe de vista, pero la actitud de una también es importante, y mi actitud con los señores nunca era la de ir a saco.

—¿No has tenido muchos novios?

—Dos, y dando gracias: uno me dejó traumada de por vida por no saber quererme y con el otro la lie yo por no saber quererle.

—A mí me pasó más lo segundo.

—¿Tenías novia?

—Durante cinco años, y la lie parda, menos mal que me dejó.

—¿Qué pasó?

—Que no supe quererla.

—Pero dame detalles, mamón.

—Era guapa, estaba muy flaca, tenía unas tetas dignas de exposición en el museo del Prado, culazo..., lo que viene a ser tener un cuerpazo. ¿El problema? Pues que, por muy claro que se viera desde fuera que era un pibón, ella no pensaba así de sí misma y yo vi cómo poco a poco los complejos se la comían sin hacer absolutamente nada.

—No lo entiendo.

—Pues básicamente resulta que era bulímica, vomitaba después de comer y yo no me enteraba de nada. Había señales, muchísimas, pero yo prefería no verlas para no enfrentarme al problema. Todo esto lo sé ahora; en el momento me conformaba con ser gilipollas.

—¿Y cuándo te enteraste?

—Cuando me dejó, me lo gritó todo y yo me quedé con cara de bobo. Me señaló todas las veces que me había pedido ayuda, todas las situaciones en las que me necesitó y no estuve, me llamó narcisista, egoísta y básico.

—¿Y tú no le dijiste nada?

—Claro que sí, de todo. La llamé niñata, le dije que si no me contaba las cosas, yo no me las podía inventar, le dije que yo no era nada de eso, que estaba loca y que me dejara en paz.

—Pues un poco gilipollas sí que fuiste.

—Un poco no, fui un imbécil de manual.

—¿Le pediste perdón?

—Es algo que tengo pendiente, pero..., bueno, digamos que aún no estoy preparado.

—¿Aún la quieres? —Corazón subiendo a la garganta en tres, dos, uno...

—Qué va. Salió de mi vida hace más de cuatro años, está superadísima; el que no está superado soy yo. Estoy yendo a terapia y tal; de hecho, por eso me hice musicoterapeuta, quiero que los chavales sepan qué sienten, porque yo soy un poco mierdas y me cuesta mucho identificar qué siento y por qué lo siento... Pero bueno, mi psicóloga es la ama del cotarro y juntos estamos descubriendo al Leo que hay debajo.

Lo dijo sin mirarme a la cara, solo acariciaba el borde de la jarra de cerveza con el dedo índice mientras la observaba embobado. Yo... le acaricié la mejilla con el dorso de mi mano y sentí una corriente que me dejó noqueada.

—Eres muy guay.

—Creo que nunca le había contado esto a nadie.

—No sabes qué honor ser la primera.

11

Cerró el bar y se abrió la noche

Salimos de allí bastante *tinkiwinki*, yo tenía las mejillas que parecía que acababa de estar doce horas en la playa de Benidorm. Cada uno se pagó su litro y medio de cerveza, nos fuimos porque nos echaron; si por mí hubiera sido, me habría quedado una eternidad allí sentada, escuchándole contarme cualquier cosa.

Hacía frío, era la una de la madrugada y no teníamos adónde ir, pero no queríamos irnos. Empezamos a pasear por Madrid, con las manos en los bolsillos, serpenteando un poco, jugando a las preguntas. Sí, somos unos básicos, pido perdón porque encima fue mi culpa.

Por si alguien vive en una cueva, os cuento de qué va la vaina. El juego de las preguntas es un clásico de las primeras conversaciones, se puede hacer cualquier pregunta y solo hay una norma: únicamente se puede decir la verdad, la verdad y nada más que la verdad. Primero pregunta uno y luego el otro, si vas a mentir, tienes que decir que prefieres no contestar, pero nunca jamás, bajo ningún concepto, puedes mentir. Empecé yo, evidentemente:

—Si pudieras ser un animal, ¿qué animal serías?

—Un lobo. ¿Tú?

—Una mariquita, pero esto no funciona así, chato. No puedes devolverme todas las preguntas que yo te haga.

—Uy, ¿por qué no? Has dicho que solo había una norma.

—Bueno, ¡pues hay dos normas! No se pueden repetir preguntas y no se puede mentir.

—Ya estamos cambiando el juego...

—Te meto, ¿eh?

—Venga, dispara, que te toca preguntar.

—¿Tu persona favorita en el mundo?

—Mi hermana pequeña.

—¿Cómo se llama?

—Nieves.

—Me gusta el nombre.

—Te encantaría ella entera. ¿Una manía tonta?

—En los aseos públicos en los que hay muchos baños siempre me voy al que está más lejos: tengo la teoría de que es el más limpio porque la peña es vaga.

—Eres una chica lista, ¿eh? Me quedo el *tip*.

—Pero no se lo cuentes a nadie porque nos jodes el negocio.

—Juro solemnemente que jamás lo contaré.

—¿Juras solemnemente? ¿Te gusta Harry Potter? ¿Cuál es tu favorita?

—*El prisionero de Azkaban*, sin lugar a dudas.

—¡¿QUÉ?! La mejor es *El cáliz de fuego*.

—Eres una petarda.

—Y tú, un sinvergüenza.

—¿Ahora es cuando me dices que eres de Gryffindor?

—Pues no, chato, soy mestiza. Soy mitad Gryffindor y mitad Hufflepuff.

—¿Encima de los pringados?

—Tenemos la casa común al lado de las cocinas y siempre hay comida recién hecha en nuestra habitación, el pringado eres tú. Como me digas que eres Slytherin, me voy a mi casa.

—Soy Ravenclaw, y sabes perfectamente que no quieres irte a tu casa.

—Pues a mi casa igual no, pero frío sí que tengo..., podríamos meternos en algún sitio.

—A estas horas solo hay abiertas discotecas, y creo que no estamos en ese *mood*.

—Pues la verdad es que no, a mí me apetece seguir hablando.

—En ese caso tenemos tres opciones: seguimos pasando frío, te coges un taxi y te vas a tu casa o te subes a la mía, que casualmente es ese portal.

—¿Me has traído casualmente a tu casa?

—Un poco Slytherin sí que soy, no te voy a mentir.

12

¿Puedo besarte?

—Es que no te puedo creer..., me has traído hasta la puerta de tu santa casa.

—De eso nada, yo iba paseando tranquilamente y hemos acabado aquí.

—Estoy alucinando.

—Ahora en serio, no hace falta que subas ni muchísimo menos, pero sí que es verdad que hace un frío que pela. Así que, si no te apetece subir, pedimos un taxi y te vas a casa, pero no quiero que te me quedes pajarito.

—Pues... pues la verdad es que no sé qué hacer, no soy muy... muy de subir a casas de nadie en la primera cita.

—A ver, Karma, que no tenemos que hacer nada. Podemos subir y hablar como estamos haciendo aquí, pero sin que parezca que estamos al otro lado del muro.

—Encima te gusta *Juego de tronos.*

—Como a medio planeta.

—También es verdad. No sé qué hacer...

Y me quedé mirándole, con los mofletes rojos de Benidorm por el frío y la cerveza. Quería subir, claro que quería subir, pero..., bueno, no subo a casas de nadie en la primera cita, no porque sea santa, católica y apostólica, pero podemos decir que tengo mis razones. Tenía miedo, tenía pánico, iba a ser la primera vez que subiera a casa de nadie así, a bote pronto, con mi ex estuve seis meses antes de empezar a tener amagos sexuales... Ese es mi nivel.

Pero quería subir, yo sabía que quería. Mi mente iba a mil por hora, estaba callada y mirándole, quizá fueron unos segundos, pero para mí fue una eternidad.

—Karma, escúchame, pedimos un taxi y te vas a casa, no le des más vueltas. No quiero que hagas nada que no te apetezca.

—Pero es que sí que me apetece.

—Bueno, te apetece, pero a la vez hay algo que evidentemente no te apetece, así que no te pongas presiones, que para eso no estamos aquí. Pedimos un coche y te vas a casa.

—Venga, vale.

—Pero antes..., ¿puedo besarte?

No respondí, al menos no con palabras. Mi cuerpo habló, habló sin pedir perdón ni permiso, se movió solo.

Me acerqué a él, subí la cabeza y me aproximé a su boca. Estuvimos dos segundos cerca, muy cerca, sin llegar a tocarnos. La electricidad existía, estaba ahí, recorriendo a la velocidad de la luz los milímetros que separaban su boca de la mía. Terminó de acercarme a él poniendo sus manos en mi espalda, a la altura de mi cintura, y nos besamos.

Nos besamos durante no sé cuantísimo tiempo; cuando estás viviendo algo así el tiempo es relativo. Tengo la sensación de que fueron horas y a la vez minutos. Fue largo, fue bonito, fue maravilloso.

Se esfumó el frío, la calle, el pasado, el futuro... Presente pluscuamperfecto recorriendo cada centímetro de nuestros cuerpos. Empezamos despacio, muy despacio, saboreando los restos de cerveza y los principios de algo que no sé cómo bautizar. Nuestras lenguas se movían al compás, es como si se conocieran, como si fueran viejas amigas que se entendían a la perfección.

Recorrimos con ellas toda la boca del otro, los labios, los dientes, cada rincón... El beso eterno fue cambiando y pasó de ser discreto, de ser lento, de ser puro a ser rápido, desesperado, necesitado. De repente, mi cuerpo lo quería y ya no solo era mi boca: mis manos subían por su cuello, por el nacimiento de su pelo. Sentí cómo su cabello recién cortado acariciaba las palmas de mi mano, me pegué más a él, con más fuerza, no quería que entre nosotros pudiera pasar ni el aire.

Empezaron los jadeos, la necesidad, las ganas. Sus manos agarraron con fuerza mi culo, su boca se deslizó hasta mi cuello, paseó por mi oreja, me mordió el lóbulo y yo creí que me iba a deshacer allí mismo, en mitad de la calle. Nunca jamás, leedme bien: JAMÁS me había sentido así.

Después de unos minutos de manos desesperadas y bocas hambrientas, nos separamos un poco, supongo que para coger oxígeno, pensamientos y razón. Me quedé quieta, más roja que nunca, estaba incendiada. Lo miré y me miró. Sin hablar, nos movimos a la vez y volvimos a enredarnos, otra eternidad efímera.

—Karma, vete a casa ya, por favor.

—No quiero.

—Necesito que te vayas o que te quedes, pero no puedo seguir así toda la noche porque me voy a morir.

Miré hacia abajo y..., ups... Con el abrigo no la había notado, pero vaya, ahí estaba, la bandera izada hasta el infinito. De Madrid al cielo, ahora entendía por qué se decía eso.

—Vale, me voy a ir ya.

—Eso, vete.

—Para que me vaya me tienes que soltar.

—No quiero que te vayas.

—Leo, me acabas de pedir que me vaya.

—Lo sé, vete.

—¿Cuál es tu piso?

—Cuarto D.

—¿Me lo enseñas?

—¿Quieres subir?

—Quiero subir.

—¿Segura?

—Segurísima.

—Si no quieres, no, ¿eh?

—Pero es que sí que quiero.

13

Como una niña en Disneyland

Entramos en el portal y nos besamos allí, nos besamos en cada escalón, nos besamos en el ascensor, nos besamos en el rellano antes de entrar a su piso, nos besamos en la entrada. Seguían siendo besos desesperados, necesitados, éramos dos hogueras dispuestas a quemar todo lo que estuviera cerca, sin control. Entramos a su casa y no fuimos capaces de pasar de la entrada.

Se separó y me susurró:

—Mis compañeros de piso están durmiendo, vamos a intentar no hacer mucho ruido.

—¿Llevo gimiendo veinte minutos y me lo dices ahora?

—Eres la persona más exagerada que conozco, Karma.

—Ya será menos.

—¿Te enseño mi habitación o nos quedamos en el recibidor a vivir?

—Hazme un tour, querido.

Se encendió la luz y... y espero que nadie me juzgue porque nos liamos a palos, pero cuando vi ese salón..., me podría haber mudado a esa casa ese mismo día. Era todo friki, miraras donde mirases: *Pokémon*, *Star Wars*, *Harry Potter*, *El señor de los anillos*, juegos de mesa, animes que no conocía... Yo entiendo que a muchas de vosotras esto os podría tirar para atrás, pero a mí me hace poner la quinta y deslizarme por la autopista del amor sin intención de frenar.

—Dime, por favor, que todo esto es tuyo.

—Somos un poco frikis, lo sé...

—¿Por qué lo dices como si fuera algo malo?

—¿No lo es?

Pasé de contestarle, me dediqué a escudriñar cada rincón, cada pieza de *merchandising*, cada póster, cada película, cada libro... Estaba yo metida en el parque de atracciones de mi vida, os lo juro, ¡pero ¿cuánto dinero tenía esa gente para invertir en esas movidas?! Lo oí reírse en voz baja...

—¿De qué te ríes?

—Pareces una niña pequeña en Disneyland.

—Es literalmente como me siento.

—¿Te gusta mi salón?

—Podría acampar aquí y no salir en días.

—No sabía que eras friki.

—Pero si te dije que me habían regalado juegos para la Nintendo.

—Creía que era lo típico: que la tenías para jugar de vez en cuando.

—No sabes la de horas que echo en el mundo de los videojuegos.

—O sea, que oficialmente eres perfecta.

—Oficialmente soy pobre, ojalá yo tuviera tanto dinero para poder comprar tantas cosas.

—A ver, no todo es mío, ¿eh? Que aquí hay dinero de los tres que vivimos.

—¿Me adoptáis?

—¿Quieres que sea tu papi?

—Quiero que seas mi mecenas.

—Eres imbécil.

—¿Pero no era perfecta?

—Eres perfectamente imbécil.

—Llévame a tu habitación.

—Sí, mi señora.

14

Neruda es un gilipollas

Esa habitación... No tenía ni idea de que se convertiría en mi reino, en mi refugio, en el lugar en el que esconderme de todo y mostrarme sin tapujos, en el sitio en el que ser, en mi rincón favorito de Madrid (pido perdón por ser la más cursi de la Península, crecí escuchando Pereza y El Canto del Loco, no lo puedo remediar). Ya me dejo de moñadas, pero es que es pensar en esa habitación y me tiembla el corazón.

Abrí la puerta y me sentí en casa, me quedé en la entrada y observé. Una pecera inmensa, con peces y plantas acuáticas, superprofesional para alguien que no tiene ni puñetera idea de peces como es mi caso; un escritorio con un ordenador hecho por piezas y una silla *gamer* que ya quisiera yo para mí algún día; una estantería llena de discos de vinilo con un tocadiscos; una guitarra que luego resultó ser un bajo; una cama de matrimonio perfectamente hecha; un póster de una luna llena muy realista; olor a él y sensación de haber encontrado mi sitio en el mundo.

—¿Vas a pasar a hacerme caso a mí o solo vas a estar observando mi habitación durante horas? —me dijo sentado desde su cama, no sé en qué momento había llegado hasta ahí, la verdad.

—Se sabe mucho de una persona por su habitación, ¿eh?

—Pues tú has tenido que descubrir ya hasta mi DNI.

—Eres imbécil, ¿eh?

—¿A qué conclusiones has llegado?

—Pocas y muchas, necesito venir más de un día.

—¿Y eso por qué? —dijo entre risas.

—Porque no sé si lo tienes todo tan limpio y ordenado porque sabías que acabaría aquí o este es su estado natural.

—No daba un duro porque vinieras, pero no te negaré que la he limpiado y ordenado a conciencia por si acaso.

—O sea, que en el fondo sí sabías que vendría.

—No, tenía la esperanza, pero creía que ni de coña.

—¿Por qué has pensado eso?

—Porque llevo hablando contigo demasiados días y he intuido que hoy únicamente hablaríamos.

—Pues ya me has comido la boca y me has metido mano.

—Gratamente sorprendido por ello.

—¿Tan evidente soy?

—Definitivamente no.

—¿Por qué la luna?

—Soy animal nocturno y un poco lunático.

—¿Sabes que tengo un cuento infantil escrito sobre la luna?

—¿Me lo estás diciendo en serio?

—Me fascina.

—A mí también.

Y a quién no, ¿verdad? Es evidente que la luna les gusta a muchas personas, pero en el momento en el que estás conociendo a alguien que te gusta, que te gusta de verdad y que sientes que es recíproco..., cualquier detalle en común, cualquier mínima cosa es un evento, y el hecho de que a los dos nos gustara la luna nos pareció único, especial y digno de ser una señal divina que el destino nos enviaba.

Me acerqué a él despacio y me senté a horcajadas sobre sus piernas, me quedé mirándolo varios segundos y él hizo lo mismo conmigo, pasó sus manos por mi culo y detuvimos el tiempo una vez más.

—Eres preciosa.

—Tú sí que eres guapo.

—No tanto como tú.

—Creo que no tienes ni idea de lo guapo que eres, Leo.

—Pues yo creo que eso es lo que te pasa a ti.

—Sabes que no hace falta que me mientas y, no, no te lo digo para que me digas lo guapa que soy en plan falsa modestia. Te lo digo porque es verdad, yo no soy normativa ni mucho menos.

—¿Qué es ser normativa?

—Entrar en los cánones de belleza establecidos por la sociedad.

—Pues me la suda mucho la normatividad, la belleza y la sociedad. Eres preciosa.

—Leo, no lo soy.

—Ojalá pudieras verte con mis ojos.

—Ojalá.

¿Por qué dije eso y lo dije allí? ¿Lo pensaba de verdad? Me paso la vida hablando de lo pibón que me siento, de lo guapísima que soy, de lo segura que estoy de mi cuerpo y de mí. Sin embargo, con él aparecía la vulnerabilidad, la inseguridad, las dudas... ¿Me gustaba ser así con él? ¿Esa era la verdadera yo? ¿O me dedicaba a parecer una damisela en apuros para gustarle? ¿Estaba buscando aprobación?

—¿Qué piensas?

—Nada.

—No, nada no. Estás muy guapa cuando piensas.

—¿Porque estoy como ausente?

—Neruda es un gilipollas.

—No podría estar más de acuerdo.

15

Tutuki Splash en las sábanas del colega

Y nos volvimos a besar, yo encima de él, dispuesta a callarme los pensamientos intrusivos que insistían en hacerlo todo un poco menos perfecto. Estábamos solos, en su cama..., ¿quién me lo iba a decir?

Bueno, me lo podría decir yo, que voy aquí de digna, pero llevaba depiladas hasta las rodillas, las bragas más bonitas del cajón y el sujetador a juego.

Aun así, con la mano en el corazón os digo que bajo ninguna circunstancia tenía la intención de acabar allí. Tengo un pasado con el sexo complicado y jamás he sabido dejarme llevar desde que me pasó lo que me pasó. Mi ex es la persona más paciente del universo, pero no puedo esperar eso de todos los que pasen por mi vida.

Sin embargo, a Leo no le hizo falta esperar.

Sentada a horcajadas, sintiéndome una amazona, comiéndole los labios, la mandíbula, los hombros..., me sentía empoderada. Encima, él no dejaba de soltar sonidos, gruñidos, señales que me indicaban que lo estaba haciendo bien, que me estaba moviendo bien, que le gustaba lo que hacía.

(¡¿POR QUÉ A LOS HOMBRES LES CUESTA TANTO

DEMOSTRAR CON SONIDOS QUE LES MOLA LO QUE ESTÁS HACIENDO?!)

Además de las onomatopeyas de ultratumba que salían de su garganta, me encontré con otra clara señal que indicaba el disfrute... Tenía bajo mis piernas LA erección, y eso que llevaba vaqueros. El coleguita estaba encantado con mis movimientos, con cómo me rozaba contra él, con cómo me deslizaba hacia delante y hacia atrás para estimularlo, para estimularnos.

—Karma, no sé si quieres parar o seguir...

—No quiero parar.

—¿Quieres seguir?

—Deja de hablar.

—Quiero asegurarme de que quieres.

—Quiero.

—Si en algún momento no quieres, me lo dices.

—Que sí, pesado.

Le dije pesado, pero wow..., qué bonito oír que te pregunta, que se asegura y que te da la confianza para saber que puedes parar cuando quieras y no pasará absolutamente nada.

En cuanto le di mi beneplácito, se despertó el dragón. Me arrancó los tirantes del peto, la camiseta, y empezó a comerme las tetas sin ni siquiera quitarme el sujetador. Fue sentir sus labios devorando mis pechos y, tres, dos, uno..., fuegos artificiales por todas partes. Tuve que echarme para atrás porque, madre mía, todo lo que estaba sintiendo...

Tenía erizados los pelos, los pezones y el alma un poco

también; parte de mi cuerpo que rozaba, parte de mi cuerpo que sentía estimulada. Yo no sé si estaba hipersensible aquella noche, si llevaba más de un año sin dejar que nadie me tocara así, si realmente ese hombre estaba hecho para saber cómo hacerme sentir o qué, pero no recuerdo mejor sexo en mi vida.

Y cuidado, que no fue perfecto ni mucho menos. Tuvimos problemas, evidentemente, pero vamos paso a paso.

Ahí estaba yo, dejándome querer, dejándome ser, dejándome disfrutar, mente en modo avión y cuerpo en modo volcán en erupción. Me quitó de sus piernas y me tumbó en la cama, me arrancó la parte de abajo del peto, me quitó el sujetador, que estaba intentando sobrevivir como podía enredado por mi cuerpo, se quedó mirándome... Corrijo: admirándome.

Os juro que lo podía ver en su mirada, le gustaba lo que veía, le apasionaba, me deseaba... Qué sensación, ¿eh?, la de sentirse bella, sentirse poderosa, sentirse querida. Qué bien hacías las cosas, Leo, qué bien.

Me tocó, me acarició despacio, sin dejar de mirarme a los ojos. Empezó recorriendo cada milímetro de mis labios, bajó por mi barbilla, por mi garganta, se deslizó por mi esternón y llegó a mis tetas... Se entretuvo ahí, ellas estaban encantadas, no os mentiré, reaccionaron diligentes a cada roce, respondieron obedientes, como si se hubieran pasado toda su existencia bajo sus encantos.

Siguió bajando y llegó a la goma de mi bragas, recorrió toda la cinturilla, sin dejar de mirarme. Yo dejé de respirar durante unos segundos que fueron eternos.

—¿Quieres que siga?

Dije que sí con la cabeza porque os prometo que me sentí incapaz de pronunciar palabra, no podía emitir ni un simple «sí».

—Me lo tomaré como un sí.

Volví a mover la cabeza arriba y abajo, con más ahínco. Él sonrió. Deslizó un dedo, separando la tela de mi piel, acercándose al centro de mi existencia en ese momento, cogí una bocanada de aire y le aparté la mirada, dejé de mirarle a los ojos porque necesitaba ver cómo su mano viajaba por mi piel, cómo se adentraba dentro de mis bragas. Sentirlo no era suficiente, necesitaba ver.

Y lo vi, vi cómo a la yema de ese dedo la siguieron la de todos los demás, vi cómo se deslizaba sin prisa, cómo cada vez estaba más cerca, cómo mi cuerpo respondía sin pedir perdón ni permiso. Cuando la palma de su mano cubrió toda la superficie..., cerré los ojos, me eché hacia atrás y entendí que me había rendido para siempre.

Abrió mis labios y acarició despacio, subió y bajó, se mojaba los dedos y repartía el flujo por todo, empapando cada centímetro, se detuvo justo encima de mi clítoris varios segundos, acariciándolo en círculos, sin tocarlo directamente, presionándolo a través de la piel y la carne que hay justo encima. Yo creía que me iba a morir y aún no habíamos ni empezado.

Deslizó de nuevo los dedos, creo que dijo algo de lo empapada que estaba o no, sinceramente no me acuerdo de nada que no fuera mi cuerpo en esos momentos. Deslizó los dedos y entró, fácil, suave, sencillo. Mis piernas se tensaron, las paredes de mi vagina también, como apretándose, pidiéndole que no se fuera, que se quedara ahí a vivir. Arqueó los dedos, los puso en forma de gancho y empezó a masajear despacio, yo me estaba volviendo loca, nunca nadie me había tocado antes así, ni siquiera yo misma.

Con la otra mano empezó a acariciarme el clítoris despacio, esta vez sí que directamente, sin nada de por medio. Los dedos seguían trabajando dentro, yo no podía parar de sentir que iba a romperme en mil pedazos... Qué manos, qué ritmo, qué sensación.

No hubo palabras o yo no las oí ni las pronuncié, empecé a subir y a bajar mis caderas para indicarle que quería más: más profundo, más deprisa, más de todo lo que tuviera que ofrecerme. Me leyó a la perfección, no tardó ni dos segundos en entender mi lenguaje corporal, empezó a incrementar el ritmo de esos dedos, empezó a ejercer más presión sobre el clítoris por la superficie y por las profundidades, mis caderas comenzaron a elevarse solas, mis manos se agarraron con fuerza a las sábanas. Sus dedos no daban tregua, no entraban y salían, estaban dentro, estoicos, aguantando el chaparrón, solo movían las dos primeras falanges hacia delante y hacia atrás... Más fuerte, más profundo, más deprisa...

Un aullido de placer arrancó del fondo de mi ser, sentí durante unas milésimas de segundo mi muerte, yo no sé qué pasó, pero chorros de agua empezaron a salir a presión, yo no era consciente de qué estaba pasando, os lo juro, era mi cuerpo, que se había vuelto loco.

Bueno, vamos a darle el mérito a esos dedos porque en mi vida había sentido nada ni cercanamente parecido.

¿Hice *squirt* la primera noche que le conocí? Por increíble que parezca, así fue.

16

El sexo no es como en las películas

Ni como en los libros, ni como en el porno... El sexo es íntimo, es torpe, es cuestión de práctica. Mi amiga Lorena, que es muy sabia, siempre dice que se folla bien a partir del tercer polvo. No le llevaré la contraria, pero definitivamente mi primer sexo con Leo fue absolutamente maravilloso, hasta lo que no salió como todo el mundo espera.

Después de haberle bañado las sábanas, sus manos y haberme empapado yo, me quedé mirándole sin saber muy bien qué decir.

—¿Qué acabas de hacer?

—Yo nada, lo has hecho tú solita.

—Yo solita no he hecho algo ni remotamente parecido ni una sola vez en toda mi santa vida.

—Tampoco me lo he currado tanto.

—Pues cuando te lo curres de verdad, igual me muero.

—Estoy deseando descubrirlo.

—Créeme que no eres el único.

Y le besé, le besé con hambre voraz, con ganas de hacerle sentir lo que yo había sentido, con ganas de demostrarle que yo también podía hacerle volar, viajar y morir en el mismo segundo.

Me volví a sentar sobre él. Esta vez Leo estaba completamente tumbado y, mientras le besaba, restregaba mi coño empapado contra sus vaqueros. Comencé a venirme arriba otra vez. «Karma, ¿es que no tiene límites, señorita?» Al parecer, con este señor no, ya os lo adelanto.

Empecé a comerle el cuello, el lóbulo de la oreja, gemí en su oído para que entendiera las ganas que tenía de estar ahí, con él, en ese justo momento. Creo que lo entendió, o al menos su cuerpo lo hizo, me agarró de las nalgas y las apretó con fuerza, separándolas, abriéndome, haciéndome sentir aire en cada pliegue. Gemí un poco más alto.

Le quité la camiseta y empecé a bajar despacio, disfrutando del camino, de las vistas, de la piel. Me sentía poderosa, sabía lo que tenía que hacer, no había pensamientos, era todo puro instinto animal. Chupé, mordí, apreté. Me detuve en sus pectorales y empecé a jugar con ellos, mientras una mano atrevida comenzaba a acariciarlo por encima del vaquero, a sentir su pene en su máximo esplendor. Sé que en todos los libros se habla de lo bien dotados que están sus protagonistas y me encantaría hablaros de un pene no tan grande, pero si soy fiel a la realidad..., Leo tenía una polla preciosa, ancha y larga... Es que era bonita, de verdad os lo digo, podría haberle hecho una estatua a tamaño real y ponerla en mi mesilla de noche porque era digna de exposición.

Se mordió los labios cuando la acaricié por primera vez, bajé todo mi cuerpo un poco más y dejé mi cara a la altura de su pene. Empecé a acariciarlo con los labios, con los mofletes, me deslicé por ella desde el entrecejo hasta la barbilla, no quería que ni una parte de mi rostro se perdiera el espectáculo... Y qué espectáculo.

Desabroché despacio el vaquero, bajé la cremallera y le arranqué los pantalones con urgencia, con prisa, con necesidad. Una capa menos hasta llegar a ella, un bóxer azul marino guardaba al primo del Basilisco de la Cámara de los Secretos. *Nah*..., era preciosa, pero tampoco para tanto, perdón por la hipérbole.

Acerqué mis labios por encima del calzoncillo y empecé a jugar con ella, a chuparla, a presionar el tronco con mi boca, a sentir palpitaciones en mi propio clítoris cuando de repente se elevaba sola un par de centímetros. Aparté los ojos de allí y lo miré desafiante mientras paseaba la lengua por mis labios, humedeciéndolos, mordiéndome pensando en lo que pretendía hacerle. Pasé las uñas por encima de la goma de sus calzoncillos, despacio, disfrutando, mirándole a los ojos, sin apartar ni medio milímetro la mirada.

Cogí con ambas manos la cinturilla y la deslicé hacia abajo. Salió valiente, con fuerza, presentándose sin titubear. Me sentía como una niña pequeña el día de Reyes. Me acerqué despacio, sin tocarla. Dejé mi boca a punto de rozarla, pero sin llegar al contacto real, y lancé mi aliento por ella, recorriéndola entera.

—Karma, me vas a volver loco.

En respuesta, volví a humedecer mis labios y pasé la lengua por el capullo, que estaba empapado..., qué rico sabía. Lametazos cortos, lentos por cada parte, no dejé nada sin mi saliva. Después la besé, despacio, y lo volví a mirar, con su polla entre mis labios.

No sé qué pasó, qué relámpago cruzó por su mente, qué sucedió, pero... pero aquello se desinfló como una colchoneta pinchada, la erección cayó y se quedó a menos de la mitad de su tamaño. Él no me miraba, yo no entendía qué pasaba.

Ante la duda, reanudé mi tarea durante uno o dos minutos, no recuerdo muy bien el tiempo exacto, pero aquello no remontaba, parecía un chicle sin intención de convertirse en caramelo. Me pidió que parase y por supuesto lo hice.

—Oye, que no pasa nada.

—Sí que pasa, perdóname.

—¿Que te perdone? Pero si hace cinco minutos estaba aquí haciéndote un Tutuki Splash... Lo que tengo que hacer es darte las gracias.

—¿Tutuki Splash?

—¿No has ido a PortAventura?

—No he tenido la suerte.

—Pues un día te llevo para que veas a lo que me refiero. Vamos a tener que enseñarles lo que me has hecho para que vayan cogiendo ideas.

—Eres muy tonta.

—Y tú, muy guapo.

—De verdad que esto no me pasa nunca.

—De verdad que me la suda.

—¿No te importa?

—¿A mí? A mí me da exactamente igual, eres tú el que se queda sin mamada de campeonato. Yo voy servida.

—Ibas bien, ¿eh?, jamás me habría imaginado que serías así de... de...

—¿De guarra?

—No quería usar esa palabra.

—Es que está fatal esa palabra.

—¿Así de diosa?

—Mucho mejor.

—Es la cabeza, que va a mil por hora... Me gustas mucho, no quiero cagarla y yo qué sé.

—Leo, que no me tienes que dar explicaciones, que está siendo una de las noches más bonitas de mi vida, que nos hemos conocido hace horas y que me da exactamente igual que no se te levante, no contaba ni con subir a tu habitación, así que imagínate.

—¿Ha merecido la pena?

—Definitivamente.

—¿Te ha gustado cómo te he tocado?

—¿Que si me ha gustado? Mañana te traigo un diploma de honor.

—¿Mañana? ¿Eso es que querrás volver a verme?

—¿Pero tú eres tonto?

—Ah, no sé, no sé.

—En toda mi santa vida me han tocado como me has tocado tú esta noche, no te dejo escapar ni por todo el oro del mundo, pirata.

—¿Pirata? Puedo ir en busca de más tesoros, ¿eh?...

—No seré yo la que te impida hacerte rico.

Se sentó sobre sus rodillas, yo estaba tumbada, me cogió los pies y puso las plantas casi a la altura de mis nalgas, con mis rodillas en alto. Me abrió las piernas, me miró y se chupó el dedo corazón y el anular de la mano derecha mientras no apartaba sus ojos de los míos.

Esa imagen, la de tener yo las piernas abiertas y él meterse los dedos en la boca para chuparlos mientras me mira, es algo que aún a día de hoy, años después, no he conseguido arrancar de mis entrañas. Igual es porque a continuación de esa imagen siempre venía placer en su máximo esplendor, así que me la grabé a fuego y espero que no se me olvide jamás.

17

The next morning

Nos dormimos cerca de las seis de la mañana. Al día siguiente él tenía que acercarse al colegio porque le había tocado ir a abrir a unos señores que tenían que hacer una obra. Era el de música y el último en llegar, todos los marrones le caían a él.

Así que a las ocho sonó el despertador, apenas dos horas de sueño. Cuando abrí los ojos lo tenía amarrado a mí como un koala, respirando entre mis rizos. ¿Podemos pensar que nos conocimos la noche anterior? Me sentía protagonista de una comedia romántica, de verdad os lo digo, ya querría la Anne Hathaway despertarse así.

Nos quedamos así unos minutos, él abrazándome, dormitando en mi pecho, y yo paseando las uñas por su espalda.

—Leo, tienes que irte.

—No quiero.

—Pero tienes que irte.

—Pero no quiero.

—Pero es que no podemos hacer lo que queramos todo el rato.

—¿Tú te vas?

—Evidentemente.

—Te puedes quedar aquí a dormir un rato más.

—No, gracias. Tengo un pisito precioso con una ducha estupenda que necesito.

—¿Desayunas conmigo por lo menos?

—Por supuesto.

Se levantó y me quedé un poco loca al verlo desnudo. «Qué tontería», estarás pensando. Pues sí, después de haberme hecho correrme cuatro veces la noche anterior solo usando sus manos, el hecho de que fuera en pirindola por la casa no debería sorprenderme, pero me sorprendió y me di cuenta de que yo también estaba desnuda. Y chavalas..., NO ME TAPÉ. Quiero mis aplausos aquí, porque en cualquier otra situación probablemente habría estirado la sábana, habría dicho que tenía frío y me habría cubierto el cuerpo, pero para mi sorpresa no lo hice. Me quedé desnuda disfrutando de las vistas.

Las vistas eran él como un huracán dando vueltas por la habitación viendo qué se ponía. Cogió una toalla y, antes de salir del cuarto, se giró para mirarme.

—Buf, estás preciosa, ¿eh?

—Definitivamente, esta debe de ser la máxima expresión de mi belleza.

—Cállate.

—Cállame.

Y se tiró como un jaguar a la cama y empezó a besarme y a hacerme cosquillas. Rondábamos la treintena, por Dios..., qué tonto es el amor, de verdad.

¿He dicho amor? He dicho amor.

Se fue a la ducha y yo me vestí con la ropa del día anterior, no encontré un calcetín y decidí que no ponerme las bragas era la mejor opción. Antes de que volviera, eché mi perfume en las sábanas. Sí, Leo, si estás leyendo esto no es que se quedara mi olor en tu cama de forma aleatoria, es que me gustaba provocarlo para que cuando llegaras a ella no pudieras no acordarte de mí.

¿Enferma? Pues puede ser, pero qué bonito era leer ese mensaje de «Mi cama huele a ti» y yo contestar siempre: «A tu perfume de miel, a ti, cierro los ojos y pienso en ti». Nunca le confesé que era provocado... Ahora ya lo sabes, querido.

Nos fuimos a la cocina y desayunamos Cola Cao en tazas de *Star Wars* con magdalenas industriales. Tenía treinta años, pero se alimentaba como un niño de cinco. Qué tierno.

Bajamos y nos besamos cada cinco pasos más o menos, pedí un Uber y lo vi alejarse.

Y ahí me quedé yo, en el coche de la vergüenza, volviendo como Cersei Lannister, con la ropa del día anterior, apestando a sexo, a felicidad y a él. Y sin bragas, porque olían a lonja y llevo muy mal lo de oler fatal. Miré por la ventanilla, sonriendo.

Hasta que la sonrisa desapareció y apareció la voz horrible que mi cabeza decide manifestar en los peores momentos: «¿Y si no le gustas? ¿Y si no quiere volver a verte? ¿Y si solo ha sido sexo? ¿Y si ya ha conseguido lo que quería de ti? ¿Y si...? ¿Y si...? ¿Y si...?».

Supo acallarme a kilómetros de distancia, como si pudiera oírme pensar. Mi móvil vibró y leí en la pantalla:

Estoy deseando volver a verte.

18

Hay que echar la vista atrás

Para que podáis entender lo importante que fue Leo en mi vida, antes tenemos que echar la vista bastante atrás. Tan atrás que ya empiezo a creer que fue otra vida, pero no, es mi vida, es el pedazo que tengo que asumir y no borrar, porque siempre, siempre vivirá conmigo.

Situémonos en la Laura de los dieciséis años; no la llamo Karma porque ahí Karma ni siquiera sabía que necesitaría existir.

La Laura de dieciséis años era una adolescente muy poco adolescente, en ningún momento dejó de ser cariñosa con sus padres, de compartir sus inquietudes y sus miedos, de reír a mandíbula batiente, de ser el centro de atención sin temor a que alguien pudiera juzgarla.

Pero la Laura de dieciséis años también era una amalgama de miedos y de complejos, también sufría en silencio porque a ella no la miraban los chicos como miraban a sus amigas, a ella nadie la besaba, a ella nadie la deseaba. En su casa no se podía llorar porque sus padres le decían que era una dramática, en su casa no se podía reír porque era muy escandalosa, en su casa no se podían hacer muchas cosas porque no se sabía cómo se deben gestionar las emociones.

Allí todo se pasaba por alto y, si había algo que combatir, se hacía en la soledad de tu habitación.

Soledad, qué palabra. Aún me persigue y me deja sin aliento.

No me gustaba estar sola, odiaba quedarme escuchando mis pensamientos en el silencio de mi cuarto, me torturaba el alma oírme pensar: «A ti nadie te va a querer, a ti nadie te va a besar, tú nunca sabrás qué es el amor».

«Tú nunca sabrás qué es el amor», duras palabras para una mujer de dieciséis años, ¿no? La primera vez que recuerdo haberlas pensado tenía once.

A mí nadie me juzgaba, a mí todo el mundo me quería, tenía a Lorena, a Carmen, a Marta y a Isabel, las tenía de verdad, porque os juro que la amistad que nos une es desde siempre y para siempre. Jamás me miraron mal, jamás me juzgaron, jamás hicieron comentarios sobre mi cuerpo, jamás me hicieron sentir inferior. Mi familia me amaba, mi yaya siempre me ha dicho lo preciosa que soy. Es cierto que siempre ha galopado por doquier el estar a dieta, el «tienes que adelgazar, Laura, te lo decimos por tu salud», pero sería injusto por mi parte contaros esa parte de mí como un trauma imposible de superar. Siempre tuve autoestima, nunca me importaron los pocos comentarios despectivos que recibí, nunca me hundí delante de un plato de pechuga a la plancha y ensalada.

Sin embargo..., ellos, los chicos... Esto de ser heterosexual es algo que ha jugado en mi contra desde que tengo uso de razón. No sé si con las mujeres me habría ido mejor, pero sí sé que todas las veces que me han partido el corazón ha sido un hombre cis hetero.

Historias reales he vivido dos: Damián y Juanjo. ¿Casi historias que son casi algo y acaban siendo casi nada? Perdí la cuenta.

¿Niños, chavales, adolescentes y hombres que se han acercado a mí, llaman a mi puerta, me preguntan por el nombre de mi amiga la guapa y me utilizan para ligar con ella, para ser el nexo de unión, la cobertura (como a ellos les gusta decir)? Buah, decenas. Tenéis ante vosotras a la que debería ser dueña de Orange, Vodafone y Movistar, todas juntas. Vivo con el 5G incorporado desde la guardería.

Sin embargo, yo me enamoraba perdidamente de ellos, porque me trataban bien, porque me hablaban bonito, porque compartían conmigo sus miedos, sus inseguridades, su dolor. Me hacían sentirme única porque siempre decían «eres increíble, nunca le había contado esto a nadie». Y yo me lo creía, yo me creía especial, yo me creía única, yo creía que se iban a dar cuenta de lo bonita que era yo, de lo bien que estaban a mi lado, de la historia de amor tan increíble que podría ofrecerles... Pero no, siempre pesó más la belleza de las otras chicas.

Yo siempre pensé que no podría ser la protagonista de mi propia comedia romántica, que tendría que vivir el amor a través de los libros, de las películas, de las vivencias de mis amigas. Me embelesaba escuchando cómo Lorena me contaba que había perdido la virginidad, me derretía leyendo cómo Bella besaba a Edward, revivía en bucle la historia de *Una Cenicienta moderna*, ese beso bajo la lluvia delante de todo el instituto...

Pero siempre teniendo claro que esas historias no eran para mí, porque las chicas gordas no vivimos eso. Las chicas gordas llevamos manchas de kétchup en la camiseta, suspiramos por el chico guapo (pero nadie lo sabe porque no nos atrevemos ni a decirlo en voz alta) y reducimos nuestra existencia a ser la amiga de.

Sin embargo, siempre estaba ahí la lucecita, el pequeño halo de esperanza, el diminuto brillo que paseaba por mi cabeza susurrándome: «Llegará el chico que sí sepa verte, llegará el hombre que sí se enamore de ti, llegará la persona que sepa valorarte».

Cuánto daño me ha hecho ser una romántica empedernida, de verdad os lo digo.

No tenía intención de escribir esta reflexión, llevo queriendo contaros la historia de Damián desde que comencé el capítulo; ahora tocaba eso, hablar de él. Sin embargo, he sido completamente incapaz, me tiemblan los dedos cada vez que lo intento; pero al menos ya os he situado un poco en cómo me veía en aquella época. Llegará el momento y sacaré fuerzas para contaros esa historia por primera vez en mi vida, os lo prometo. Me lo debo.

19

Queridas mías, os presento a Roberto. De nada

Cuando entré por la puerta a casi las nueve de la mañana hecha un despojo humano, me encontré a Roberto en el salón. Se estaba metiendo entre pecho y espalda un desayuno digno de un vídeo de TikTok. Café americano, zumo de naranja recién exprimido y tostadas con aguacate, queso Flor de Esgueva y huevo a la plancha. Así sí, no unas magdalenas con Cola Cao...

—Qué buena pinta tiene eso, ¿no?

—Pero pedazo de zorra, ¿de dónde vienes? Si parece que acabas de salir de colaborar con la casa del terror.

—Gracias, tú también estás guapísimo hoy, amor mío.

—De amor mío nada, ¿de dónde vienes?

—De echar el polvo de mi vida.

—¡¡¡¡¡¡¡¿¿¿¿QUÉ????!!!!!!!!

Creo que lo oyeron hasta en Canarias. Mi relación con Roberto... es sencillamente lo mejor que tengo en Madrid. Nos conocimos con dieciocho años por un grupo de Facebook, los dos veníamos a vivir a la capital para estudiar la misma carrera y necesitábamos compañero de piso porque nuestros padres no nos podían pagar una residencia.

Vivíamos juntos, íbamos a clase juntos, teníamos amigos en común... Todo pegados el uno al otro..., de verdad que somos angustiosos, parecemos siameses. ¿Podría haber salido fatal? Definitivamente. Ahora, después de más de diez años conviviendo, puedo aseguraros que salió MUY bien. Somos el matrimonio perfecto, de verdad que podrían hacer una serie de nuestra vida. Somos Mauri y Bea. Encima, no descartamos algún día quedarnos embarazados y ser padres juntos. Si nos sigue yendo tan mal en el amor como hasta ahora a los dos, no veo futuro más claro, la verdad. Aunque no siempre fue así.

Cuando nos conocimos no teníamos nada que ver con quienes somos ahora. Yo era una loba herida que se lamía sus propias heridas y él era un niñato hetero que se sentaba en primera fila, llevaba náuticos, camisa y maletín. Todo eso para estudiar Periodismo en la Complutense... Es que no tenía vergüenza ni la conocía.

Yo me sentaba detrás del todo, fui a caer en el grupete de los guais (siempre he estado ahí, no sé cómo me lo he montado). Yo me dedicaba a hablar en clase y él a chistarme, yo organizaba fiestas para salir los fines de semana y él ni siquiera tenía Instagram, yo iba a clase hecha un despojo humano y él de punta en blanco. ¿Cómo llegamos a ser inseparables? Pues creo que la clave fue nuestro profesor, Pedro Sorela.

Era APASIONANTE ese hombre, sus clases eran increíbles, hablaba de la lengua española (mi asignatura favorita y carrera frustrada) con una pasión que..., mira *pa'* qué. A mí me tenía motivadísima ese señor, y a él también. Un día en clase dijo que los alumnos que quisieran optar a sacar matrícula de honor en su asignatura tendrían que hacer actividades extras. Solo levantamos la mano dos personas: Roberto y yo.

El niño del PP (en realidad era afiliado a UPyD, sí, por aquella época existía) y la gorda escandalosa, visitando museos, leyendo libros juntos, debatiendo por Gran Vía sobre periodismo de guerra... Qué jóvenes y tiernos.

Él ahora es maricón perdido, se ha follado a medio Chueca y yo tengo ansiedad social porque me agobio pensando que no soy tan graciosa como antaño. Hemos cambiado radicalmente y lo hemos hecho juntos, aceptándonos, queriéndonos y cuidándonos. Roberto es la persona más especial que tengo en mi vida, me he configurado como soy a través de él, no sería quien soy a día de hoy si no fuera por su presencia en mi vida.

—¡Pero ¿tú desde cuándo follas?!

—Desde que he conocido al hombre de mi vida.

—¡Pero ¿hombre de tu vida de qué?! ¿No acabas de volver de Burja?

—Sí, pero lo conocí antes de irme.

—¿Conoces a un hombre antes de irte a tu puñetera casa y yo no me entero de nada? Aquí se acaba nuestra amistad.

Se levantó indignadísimo, digno protagonista de novela latinoamericana, en dirección a la cocina a paso de elefante. Yo fui detrás de él, evidentemente.

—No te pongas así, cuando hicimos *match* ya te habías ido a Talavera.

—Hay una cosa que se llama TELÉFONO. Me llamas, me escribes o me haces señales de humo. Paso de ti.

—¡¡¡Pero si tú nunca contestas al teléfono!!!

—Cuando es por motivos sexuales, sí.

—Te lo quería contar en persona.

—Qué excusa más rancia.

—Te lo digo en serio, se lo he contado a todas mis amigas estas Navidades, si no puedo dejar de hablar de él...

—Ahora ya sí que sí, fuera de mi vista.

—Que no te pongas así, jo.

—¡¿Jo?! Mira, paso de ti, en serio.

—Venga, siéntate, que te cuente todo.

—Es que encima estás radiante, pedazo de zorra. Menuda cara de recién follada.

—En realidad, no se le ha levantado.

—¿Disculpa?

—¿Te sientas y te cuento?

—¿Quieres desayuno?

—Ya me he tomado un Cola Cao con dos magdalenas industriales.

—¿Te apetece un potito para comer entonces?

—No tenía otra cosa en su casa.

—Ese chico no me gusta nada, déjale ya.

20

Roberto approves

—A ver, que yo me entere entonces: hicisteis el *match* el 23, os conocisteis ayer, te corriste cuatro veces y no se le levantaba.

—Un buen resumen.

—¿Por qué no se le levantaba?

—Pues evidentemente no tengo ni idea, no estaba yo para hacer interrogatorios, el chaval estaba agobiado, prefiero darle sus tiempos.

—Fatal por tu parte, estas cosas se hablan.

—No le voy a preguntar por qué no se le levanta la picha el día que le conozco...

—¿Pero sí que dejas que te meta los dedos hasta la garganta?

—Eres superdesagradable.

—Tú has dicho «picha».

—Bueno, pues polla.

—Así mejor. Consejo de amigo: habla con él estas cosas. Si no lo has hecho porque no era el momento, OK, pero no lo dejes pasar por miedo a la respuesta.

—No le tengo miedo a la respuesta.

—¿Estás segura?

—Ya me estás rayando.

—Soy géminis.

—No, eres gilipollas.

—Eso también.

—¿Será porque no le gusto?

—Tú eres tontísima.

—¡Entonces ¿por qué va a ser, si no?!

—Ehhhhh, vamos a ver, Karma María. Puede ser porque no haya olvidado a su ex, porque le impongas muchísimo, porque tenga problemas de erección, porque tenga problemas de ansiedad, porque no sepa apagar su cerebro cuando llega la hora de follar o porque sencillamente no estaba preparado.

—Pero porque no le gusto no, ¿no?

—Pues evidentemente, después de todo lo que me has contado, no. Si habéis vivido una puta novela turca en menos de dos semanas, por Dios. Que casi te sabes su DNI.

—El número no me lo sé, pero la letra es la «J».

—Estáis fatal.

—Rupert..., me gusta de verdad.

—Ya lo veo.

—¿La voy a liar?

—Pues igual sí o igual no, pero de momento bien corrida de su casa te vienes, con eso ya compensa.

—No quiero que sea solo sexo.

—No tiene pinta de ir a ser solo sexo.

—¿Y si me hace daño?

—Pues te curamos las heridas juntos.

—¿Qué haría yo sin ti?

—Ser más desgraciada todavía.

—Rupert...

—¿Qué?

—¿Tan importante es que no se le levante?

—Sí y no. Puede ser una chorrada gigante, pero si no lo hablas, nunca lo sabrás, y la clave para construir algo con fundamento es una buena comunicación.

—Cómo has cambiado, ¿eh?

—La terapia, querida. Si no se hablan las cosas es como si no existieran.

—No quiero presionarle.

—Hablar las cosas desde el respeto no es presión. Si se lo dices bien y él se lo toma mal, el problema no es tuyo.

—Vale.

—No te rayes, que llevas esperando esto toda tu vida.

—¿El qué?

—Una historia de amor.

—Ya estuve con Juanjo.

—No me tires de la lengua, que los dos sabemos que ahí amor no había.

—Le quería mucho.

—Ya, pero no se te encendían los ojos como con este, y solo has pasado con él una noche.

—Qué miedo.

—Qué envidia.

21

¿Puede la cabeza callarse un rato?

Roberto tenía razón en absolutamente todo. ¿Le hice caso? No. ¿Ahora me doy cuenta de que desde el principio asentamos fatal las bases de nuestra relación? Pues sí, pero ya es demasiado tarde para eso.

Jamás tuve esa conversación, jamás le pregunté por qué no se le levantaba, jamás tuve el valor de enfrentarme a la respuesta. Sé que Rupert me había dicho que no tendría nada que ver conmigo, pero ¿y si sí? ¿Y si no le gustaba mi cuerpo? ¿Y si no le gustaba lo suficiente? ¿Y si no estaba a la altura de su ex?

Preferí quedarme con la duda a conocer la realidad. Chicas, por favor, no hagamos esto nunca. Ni vosotras ni yo. ¿Prometido?

Me metí en el baño y me di la ducha que tantísima falta me hacía. Utilicé mi gel de Rituals, mi Herbal Essence y la mascarilla de Garnier para los rizos. ¿El combo de esos olores? El cielo, sencillamente.

Me fui a la cama dispuesta a echarme una siesta del borrego. Entraba a currar a las tres de la tarde, tenía que hacerme la comida, comer y llegar a Suanzes. No iba a ser demasiado, pero descansar algo era una necesidad, y más sabiendo que hasta las once de la noche no volvería a casa.

Encendí la vela de la mesilla, me puse el despertador y pretendía poner el móvil en modo «No molestar», pero antes sentí la imperiosa necesidad de escribirle. Por extraño que parezca, aún no le había contestado al «Estoy deseando volver a verte». Me debatí sobre qué escribirle, si ser graciosa, directa o sincera. Al final me decidí por un combo de todas.

> Leo..., me he tomado un tiempo para ver qué te escribía porque no quiero sonar a intensa de la vida, pero de verdad tengo que decirte que la de anoche fue una de las mejores de mi vida. No sé qué me haces, no sé qué me das, pero no quiero que se acabe. Me siento tan bien cuando estoy contigo..., y sé que solo han sido unas horas, pero nunca nadie me había hecho sentirme así. Que subí a tu casa, por el amor de Yisus..., que yo soy una mujer recatada, que me cuesta muchísimo hasta besar a alguien y contigo ha sido todo tan fácil... Lo haces todo tan fácil.

Estoy deseando volver a verte, no quiero agobiarte, no quiero que quedes conmigo si no te apetece, pero yo me muero de ganas. Así que cuando tengas un hueco me dices, quiero volver al parque de atracciones cuanto antes.

Me encantaría hacerme la chula y deciros que dejé el móvil en silencio en la mesilla de noche en cuanto le di a «Enviar», pero os mentiría descaradamente. Me tiré como quince minutos mirando si aparecía el «En línea» en la pantalla, no sucedió y, sin yo darme cuenta, me dormí. Sin ponerme el despertador.

22

Menos mal que no vivo sola

Roberto me despertó como alma que lleva el diablo a las dos menos diez.

—¡PERO ¿TÚ HOY NO TIENES QUE TRABAJAR?!

—¿Eh? ¿Qué hora es?

—Entras dentro de una hora, estás en pijama y sin comer. ¡¿Se puede saber qué haces durmiendo con una vela encendida?!

—Me gusta cómo huele.

—No, te gusta ser idiota. Apaga eso y levántate. YA.

¿En qué momento ese señor se había convertido en mi madre? No lo tengo nada claro, pero menos mal.

Me moví todo lo rápido que mi cuerpo y mi mente me permitían, necesitaba dormir como seis horas más para ser persona. Me puse lo primero que pillé en el armario y salí dispuesta a comerme una fruta o lo que fuera.

—¿Adónde vas?

—A la cocina.

—¿A qué?

—A comerme un plátano.

—A ti los plátanos no se te dan bien. Te he hecho la comida, la tienes aquí.

—Te odio y te amo a partes iguales.

—¿Por qué?

—Porque me has dicho que no sé comer pollas, pero me has hecho la comida.

—Comértelas sabes, ahora, que ellas estén por la labor...

—¡ROBERTO!

—Perdón, demasiado reciente. Come y calla, que no llegas y luego Irene se enfada.

—No la conoces.

—Pero me cae genial.

—Ya, es que es de puta madre, ¿eh?, lo mejor que tiene el ECI (El Corte Inglés).

—¿Quieres comer?

—Que sí.

Engullí un sándwich de pollo vegano empanado con nuestro queso favorito y mayonesa... Eso revivía a un muerto. Roberto es la mejor persona del mundo, de verdad os lo digo. Salí corriendo de casa, llegué al metro quince minutos más tarde de la hora, pero conseguí sitio para sentarme porque Dios aprieta, pero no ahoga. Me puse mis AirPods nuevos y cogí el móvil dispuesta a escribirle un mensaje a mi jefa diciéndole que había retrasos en la línea 5 (excusa tan manida como útil, esa línea de metro es el mismísimo infierno), pero me encontré con un mensaje mucho más interesante.

¿Nos vemos esta noche?

Eso era todo lo que me había contestado a la parrafada... Y, sinceramente, yo no necesitaba nada más.

Salgo de currar a las diez, es supertarde.

No creía que me contestara en el momento, pero esa es una de las mejores cosas de Leo: si te lee, te contesta. Sin tiempos de espera tontos que a cualquiera desesperan.

Pues voy a buscarte en coche y así tardas menos.

No vas a venir hasta Suanzes para luego volver a tu casa.

No voy a malgastar los minutos que tengo para estar contigo.

Leo, que no vas a venir a buscarme al curro, que me conociste ayer.

Eres una aburrida.

Y tú, muy tonto. Si quieres, voy en metro.

Vas a tardar una hora.

No te voy a hacer venir para luego volver.

¿Preparo algo de cenar?

Eso me parece estupendo.

Para mi sorpresa os diré que el curro no se me hizo eterno, probablemente fuera porque mi jefa y mi compi Mar estuvieron escuchándome narrar la historia entera de Leo. No les conté tantos detalles como a Rup, pero sí que les dije que había sido una noche increíble y que al salir de allí lo volvería a ver. Las dos coincidieron en que me lo merecía, que parecía muy buen chico y que dejara de pensar tanto.

Fui al baño un par de veces para poder hablar con él. Irene es enrollada, pero tampoco puedo acostumbrarme a sacar el móvil durante el horario laboral porque luego se la carga ella si me pilla un superior. Así que me escapé para hablar con él unos minutos.

Acabo de llegar a casa,
mi cama huele a ti.

A tu perfume de miel, a ti...
Cierro los ojos y pienso en ti.

Odio el reguetón.

Ya no voy a tu casa.

Me voy a tatuar «Daddy Yankee»
en el pecho.

Sí que voy a tu casa.

¿Puedes dejar de hacerme sonreírle a la pantalla como si fuera imbécil?

¿Puedo preguntarte lo mismo?

Quiero que sean ya las once.

Ya no queda casi nada, salgo dentro de tres horas.

Tres horas es mucho tiempo.

Haz algo guay.

Había pensado echarme un *LOL*.

¿Juegas al *LOL*?

Por supuesto.

¿ADC, Supp, Top, Mid o Jungla?

Karma..., ¿juegas al *LOL*?

Por supuesto.

Pues nada, es oficial: tenemos que casarnos.

Vale, juegas Support o Top seguro.

¿En qué te basas?

En tu personalidad.

No vas desencaminada.

Tienes que jugar algo tanque, que proteja al equipo, pero no sé por qué también te veo como pegando de lejos.

No vas nada desencaminada.

¿Tresh?

No, pero buen intento. Juego más Top que Support.

¿Shen?

Error 404.

¿Braum? No puede ser, me has dicho que Top.

Nope, pero si lees lo que has dicho no hay muchas más opciones.

Tanque que pegue a distancia en Top...

Aham.

No lo sé.

Gnar.

¡OSTRAS, TE PEGA MUCHÍSIMO!

Jajajajajaja, lo sé.

Me tengo que ir a trabajar, pero es que te pega mazo.

Tú juegas ADC, ¿verdad?

¿Cómo lo sabes?

Por tu personalidad.

Definitivamente te odio.

Venga, a currar, que te va a caer bronca, Tristanita.

(Pido perdón a todas aquellas personas que no tengáis ni idea de *League of Legends*, que seréis la inmensa mayoría, pero las que sí, entenderéis que era necesario escribir esto. ¡Que acertó que era Main Tristana! ¡Muy fuerte!)

23

Los ojitos chinos de mirarte

Esa tarde me gritaron por el pinganillo no sé cuantísimos hombres y mujeres exigiendo roscones de Dabiz Muñoz. En cualquier otra ocasión habría estado maldiciendo al universo y deseándoles una muerte lenta y dolorosa a todos los clientes de ECI, sin embargo, no fue así. Todas las conversaciones que tuve aquella tarde fueron del estilo:

—¡¡¡ME HAN DICHO QUE NO QUEDAN ROSCONES DEL NOVIO DE LA PEDROCHE Y YO RESERVÉ EL MÍO HACE QUINCE DÍAS!!!

—No se preocupe, vamos a intentar gestionar esto lo mejor posible para que consiga usted su roscón.

—¡HE IDO FÍSICAMENTE Y ME HAN DICHO QUE NO HAY!

—Vale, en ese caso vamos a hablar directamente con el encargado de planta, a ver si podemos hacer algo.

—Eso, habla con el encargado.

—Si me da dos segunditos, realizo la llamada. ¿Me puede decir su nombre y exactamente qué había reservado?

—Me llamo Elisabet y había reservado un roscón de cada.

—Perfecto, Elisabet, pues enseguida estoy con usted.

—Qué gusto, hija, por fin alguien que quiere trabajar.

Y llamé al jefe de planta, sabiendo que no me lo iba a coger porque esto era Navidad en El Corte Inglés y, aunque todo cliente crea que el mundo gira en torno a su ombligo, no todo puede ser en esta vida, y entre esas cosas que no pueden ser es que alguien que trabaja físicamente en un centro te coja el teléfono en la época en la que más curro tenemos todos. Pero aun así yo llamé, porque estaba inspirada, porque estaba benévola, porque estaba flotando y los malditos roscones no me iban a joder a mí el chacra.

—Disculpe, Elisabet, no he podido dar con el encargado de planta, pero he llamado a mi superior y me ha dicho que mañana a primera hora entrará una nueva tanda de roscones.

—Que me guarden uno por lo menos.

—Sí, Elisabet, ya lo he dicho, pero intente ir a primera hora de la mañana para que no haya posibilidad de que se le venda a otra persona.

—Gracias, hija. Que Dios te lo pague.

—Que tenga un buen día, Elisabet.

¿Conseguiría Elisabet su roscón? Ni lo sé ni me importa, sinceramente. Pero aquella tarde logré que todas y cada una de las personas que pasaron por mi atención no se volvieran el Grinch. De normal no tengo tanta paciencia, pero, hija, Navidad era Navidad y yo estaba enamorándome por primera vez en la vida.

Salí de allí a las diez en punto. De normal tardo como cinco minutos, dejo que se marche toda la marabunta y ya me voy yo tranquilita andando al metro con Mar, pero ese día no. Ese día me fui de allí como si la supervivencia del planeta Tierra dependiera de cuánto tiempo tardaba yo en salir del edificio.

A la hora en punto, en todos los ordenadores salta un aviso en la pantalla que indica que es el fin del turno y siempre alguien grita «¡¡¡BOMBA!!!». De repente, la planta de las oficinas de El Corte Inglés se convierte en un patio de colegio a la hora del recreo. Es lo más, todo el mundo recoge en segundos y sale por la puerta.

Cuando bajé la escalera dispuesta a volar hacia el metro casi me mato, pero no pasa nada, chavalas, yo soy como los caballos: siempre me tropiezo pero nunca me caigo. El señor de seguridad me gritó que no corriera tanto, yo le lancé un beso y salí de aquel edificio del demonio.

Cuando llevaba como veinte pasos oí que alguien pitaba desde un coche. Yo no hice ni puñetero caso porque no tengo amigos con coche en Madrid, son todos así de cutres, qué queréis que os diga.

Seguí hacia delante como si nada y, al tercer pitido, acompañado de un «¡KARMA!», me giré. No sabéis lo que pagaría porque vierais la cara de petarda que puse cuando le vi allí, en la calle de mi curro, a pesar de haberle dicho que no viniera a buscarme, de no haberle dado la dirección y de haber insistido en que iba yo en metro.

No vamos a endiosarle, lo sé, que lo único que hizo fue conducir para ir a buscarme a la salida del trabajo, ¡pero ¿podéis entender que nunca nadie jamás había hecho eso por mí?! O sea, que sé que es un detalle de mierda, pero para mí fue tan importante... Es que, de verdad, pocas sonrisas en la vida he tenido tan anchas.

Fui hacia él con cara de niña pequeña. Leo me estaba sonriendo de un modo tan tierno que aún no sé cómo gestionar esa sensación en mi pechito. Me puse a dos pasos de él, lo miré con cara de tonta perdida y le dije:

—No tendrías que haber venido.

—Me apetecía venir.

—Jo, qué guay.

Y le abracé fuerte, no le besé. No me preguntéis por qué, pero me salió eso, estar abrazada a él. Mientras lo hacía me descojoné porque oí a Rup en mi cabeza decir: «¿Acabas de decir "Jo, qué guay"? Que tienes veintiocho años, por el amor de Dios...».

—¿De qué te ríes?

—De nada, cosas mías.

—Anda, venga, sube al coche, que aún llegará la cena antes que nosotros.

—Pero ¿no ibas a cocinar tú?

—Es que he venido a buscarte.

—Qué morro tienes.

—Se me da fatal cocinar.

—¿Qué has pedido?

—Pizza cuatro quesos.

—Ehhhhhh, mi favorita.

—Lo sé.

—¿Y cómo lo sabes?

—Me lo dijiste estando en tu casa en Navidad, que querías

cenar eso en Nochebuena, que no entendías lo sobrevalorado que estaba el cordero.

—¿Te acuerdas de eso?

—Hombre, Karma, si fue hace poco más de una semana.

—Deja de ser un ser humano perfecto.

El coche arrancó y recorrimos Madrid escuchando a Vetusta Morla. Cómo me gusta esta ciudad, de verdad os lo digo. Suelo darme cuenta cuando la cruzo en el coche, cosa que no pasa prácticamente nunca, siempre me muevo en transporte público y pocas son las veces que me puedo permitir un taxi. Las farolas iluminando, las calles con apenas gente, frío fuera y mucho calor dentro. Ver a Leo conducir es uno de los placeres que la vida tiene para ofrecerte.

—Deja de mirarme.

—Uy, perdón, no me había dado cuenta.

—¿En qué piensas?

—En lo guapo que eres.

—Karma...

Puso su mano sobre mi muslo y, de manera inconsciente, todo mi cuerpo se contrajo. Lo miré con cara de placer inesperado y creo que hasta emití un microgemido. Por el amor de Yisus, que solo me había puesto la mano en el muslo...

—Cómo me pone que seas tan sensible.

—Es que estás muy bueno, Leonardo da Vinci.

—No te soporto.

—Qué mentira más grande.

Asumo que a todo esto él estaría mirando hacia delante porque estaba conduciendo, pero yo lo recuerdo como que el coche avanzaba solo y nosotros únicamente nos mirábamos mientras hablábamos. Estoy fatal de la azotea, de verdad os lo digo...

Llegamos a su plaza de garaje, bajamos del coche y subimos a su casa.

24

Compañeros de piso y pizza para dos

Entramos a su casa y sus compañeros de piso estaban en el salón. Me sorprendió muchísimo ver a alguien allí y me quedé congelada. Evidentemente debía saludarlos y eso, por lo de tener educación, pero me quedé de piedra sin saber qué decir.

No sé por qué tenía asumido que aún no iba a conocer a nadie de su círculo social, pero, claro, es que no vivía solo, qué podía esperarme. Leo me miró con cara de «venga, que no muerden», y decidí salir del cobijo de la entrada.

—Karma, estos son Raúl y Jon. Ra, Jon, esta es Karma.

—Hola, chicos.

—Hola, un placer. —El primero en levantarse fue Jon, que vino a darme dos besos.

Raúl, en cambio, se quedó sentado en el sofá y apenas levantó la mirada.

—Hey.

—¿Qué tal? ¿Qué hacéis? —les pregunté, aunque solamente había interacción posible con Jon.

—Pues nada, aquí estamos, viendo una serie y cenando algo. Por cierto, os ha llegado la pizza, os la hemos dejado en la cocina.

—Se la has dejado tú. —Vale, lo había intuido, pero ya era oficial que no le caía bien a Raúl.

—Tío, eres un bobo, de verdad. Sí, os la he dejado yo. Si os apetece uniros, aquí estamos.

—*Nah*, no te rayes, os dejamos solos. Nosotros nos vamos a la habitación. No te atragantes, Raúl, a ver si te va a sentar mal la cena —dijo Leo.

En respuesta únicamente recibió un corte de mangas. Bueno, igual no le caía yo mal, sino Leo. De una forma o de otra, me sentí superincómoda y cómoda a la vez. Jon me pareció bastante majo y el otro, para darle de comer aparte, la verdad.

Pero bueno, se me pasó en cuanto Leo me cogió la mano y tiró de mí para llevarme a su habitación, cerró la puerta, me pegó a ella y se puso contra mí. Yo... pues sencillamente dejé de respirar.

—¿Eres consciente de que aún no me has besado?

—Soy consciente desde que te he visto.

—¿Y a qué esperas?

—A que sea el momento.

—¿Y eso cuándo llega?

—Creo que ahora no estaría nada mal.

—Ah, te apetece ahora... Pues ahora no quiero yo.

Y me lo dijo al oído, susurrando. Rozando mi oreja con sus labios, lamió mi lóbulo y me calentó la zona con su aliento. Me temblaron hasta las piernas. Bajó por mi cuello, lo mordió despacio, paseó la punta de su lengua por mis clavículas, puso las dos manos en mis tetas y empezó a masajearlas en círculos. Yo..., mira, yo solo quería morirme ahí mismo del placer. Me lancé a darle un beso y se apartó.

—¿Me acabas de hacer una cobra?

—Es que no es el momento.

—Eres imbécil.

—A la próxima me besas en cuanto me veas.

—A la próxima te beso cuando me dé la gana, mira este.

—Uy, qué chunga, ¿no?

—No, si aún te creerás Mario Casas.

—Perdón, a veces me vengo arriba.

—Pues bajando los humos, caballero.

—¿Cenamos?

—No, antes me comes la boca.

Me lancé sobre él como si no hubiera un mañana, pasé los brazos por encima de sus hombros y empecé a saborear su boca. El maldito se había comido un chicle de menta y yo tenía la boca impregnada de El Corte Inglés. Si lo llego a saber, me preparo yo también. Me pegué más a él y empecé a dar pasos para obligarle a caer encima de su cama, me puse a horcajadas y empecé a comerle el cuello, a restregarme como digna infante que creció viendo *Spirit*, a clavarle las uñas por el costado mientras le subía la camiseta.

—Karma, tenemos que cenar y mis compañeros están literalmente en la pared de al lado.

—Al Raúl ese le caigo fatal.

—*Nah*, él es así.

—Será así, pero le caigo fatal.

—Le caemos fatal los dos.

—¿Por qué?

—Porque en breve empieza los exámenes y anoche no le dejamos dormir.

—¡¿Anoche estaba aquí?!

—Hombre, claro, te lo dije nada más entrar, no lo iba a echar...

—Qué vergüenza, que no me corté ni un pelo con el volumen.

—Lo notó.

—Me muero... ¡¿Ahora cómo le miro a la cara?!

—Pues como has hecho hace dos minutos.

—Leo, que me oyó correrme cuatro veces.

—Lo sé.

—Voy a ir a pedirle perdón.

—Adelante.

—No, qué vergüenza.

—Ya le he pedido perdón yo esta mañana.

—Pues no ha aceptado muy bien tus disculpas.

—Ya..., es que le prometí que no vendrías a casa.

—¡¿Cómo?!

—Pues que les dije que había quedado contigo, que íbamos a ir a tomar algo; él me pregunto si luego te iba a traer aquí y yo le dije que no, que no tenías pinta de ser de las que suben a casa en la primera cita; me dijo que, por favor, no te subiera, que tenía que prepararse para los exámenes, que está en la recta final, yo le dije que no se rayase, que no ibas a venir ni de coña y, bueno..., pues al final viniste.

—Leonardo DiCaprio, eres la peor persona del mundo.

—¡Pero ¿qué querías que hiciera?! Si es que tenía muchas ganas, ¿cómo no iba a dejarte subir?

—Pero es que eso es de superegoísta, podríamos haber ido a mi casa.

—Ya, pero es que estábamos en la puerta de la mía.

—Me parece fatal, pobre Raúl.

—Pero si seguro que luego saca matrículas de honor.

—Ah, que encima se lo toma en serio...

—Que es un amargado, tú no le hagas caso.

—Ostras, qué mal, Leo. Ya no vengo más.

—No digas tonterías, si se nos lía la cosa, lo hacemos en cine mudo y ya está.

—No me recuerdes que me ha oído *orgasmarme*.

—*¿Orgasmarte?*

—Me has entendido.

—Siempre te entiendo.

—Venga, trae la pizza, yo no pienso salir de esta habitación bajo ningún concepto hasta que esté el campo de batalla vacío.

—Pues se van a dormir a las tantas.

—Pues ya te puedes acostumbrar a mi presencia dentro de este habitáculo, porque no pretendo abandonarlo hasta que no haya moros en la costa.

—Será todo un placer tenerla en este habitáculo.

—No te rías de mí.

—Es que usas un vocabulario cuando quieres que te quedas *descansá*. Ahora mismo vuelvo.

Poniéndose de pie y acercándose a la puerta, saludó como un actor que acaba de terminar una obra superimportante en el teatro de Mérida y salió de la habitación.

Yo me quedé en la cama, esperando a que volviera. La madre que lo parió... Entiendo que la situación era la situación, pero es que esas cosas no se le hacen a un colega. Aun así, no puedo negar que me alegré de que prefiriera estar conmigo que cumplir su palabra... Si es que... luego voy de buena y solo miro por mi placer. Pero es que qué placer, ¿eh?

25

Irlanda, Iguazú y nuestro síndrome de Stendhal

Ahora, cuando nos miro desde la distancia, con perspectiva, cuando narro los recuerdos del pasado, soy consciente de lo mágico que fue. En el momento presente se sentía increíble, pero ahora caigo en la cuenta de que fue algo único de verdad.

Si le preguntáis a él probablemente no fuera para tanto, quizá para él no dejó de ser una noche sin más, una pizza compartida hablando de cosas que nos gustaban, una noche en compañía de una chica bastante maja que le hacía reír cada dos por tres.

A veces me martirizo pensando que solamente puedo aspirar a ser eso, una chica maja que sabe escuchar y hacer reír. Pero, a fin de cuentas, ¿no es eso lo mejor de la vida? ¿Por qué me infravaloro tanto? Porque espero continuamente ser más, ser algo más, ser el todo de alguien.

Ojalá tuviera yo a alguien en mi vida con quien poder ser, con quien poder estar, con quien poder existir. Tranquila, a gusto, sin presión, como aceite en el agua. Flotando, sin prisa, sin necesidad de ser uno, simplemente coexistiendo, compartiendo tiempo y espacio. Sin romantizarlo todo a la máxima potencia a la mínima de cambio esperando constantemente lo extraordinario.

Aquella noche la recuerdo increíble y no pasó absolutamente nada. Estuvimos cenando pizza en su cama, con las piernas cruzadas, apenas nos besamos, apenas nos tocamos. Al menos con nuestros cuerpos, porque nuestros ojos no dejaban de acariciar al otro.

No había sexo, no había desnudo, no había físico y, sin embargo, creo que es de las noches más íntimas que jamás he compartido con nadie.

Me habló de su viaje a Irlanda, de cómo le sorprendió, de cómo le sobrecogió, de cómo se quedó impactado ante un lago que le hizo replantearse toda su existencia.

—Salí de la cabaña por la mañana, tuve que ponerme el abrigo porque hacía un frío que te cagas. Estábamos en un pueblo que nadie conocía, tenías que llegar allí por una carretera que no estaba ni asfaltada. Así que estaba solo, mis amigos seguían durmiendo dentro y yo me encontré allí sin nadie..., bueno, con mis movidas. Había un lago increíble, justo estaba amaneciendo y se reflejaba en el agua el sol que aún no había salido del todo y la luna, que no había llegado a esconderse. Estaba todo bañado de color rojo, amarillo y naranja, también había como destellos lila claro. El frío me estaba helando la punta de la nariz, tenía las manos congeladas, pero no me importaba una mierda, ¿sabes? Sentí paz, me sentí pequeño, sentí..., no sé, debo de parecer un gilipollas.

—Sigue, por favor.

—Es que no sé cómo explicarlo. Todo era tan bonito que no le encontraba sentido a mi existencia. Sentía que no me merecía estar viendo ese espectáculo, pero a la vez sentía que pertenecía a él, que yo había venido a este mundo para estar allí. Fue una movida muy rara, nunca he vuelto a sentirlo, ni parecido, vaya.

—Se llama síndrome de Stendhal.

—¿Eso no es lo que pasa en las iglesias?

—Sí, pero yo siempre he pensado que también te puede pasar con belleza natural.

—Es lo de que cuando ves muchas riquezas juntas se te va la olla, ¿no?

—Qué bien te expresas cuando quieres, rey moro.

—Me has entendido.

—Sí, sí. Es básicamente eso, se supone que cuando ves muchas obras de arte juntas o un edificio enorme y precioso sientes como vértigo, se te acelera el corazón, te sientes pequeño. Es como un empacho de belleza.

—¿Lo has sentido alguna vez?

—En las cataratas de Iguazú.

—¿Has estado en Latinoamérica?

—Viví un año entero en Buenos Aires.

—¿Qué me estás contando?

—Me fui allí a terminar la carrera y tercero me lo saqué en Bulgaria.

—Y yo aquí, contándote que flipé en un viaje que me hice de tres días a una casa rural en Irlanda.

—No menosprecies tus experiencias.

—Ya, tienes razón.

—Ojalá hubiera estado contigo en ese momento... Bueno, mejor no, era algo que debías vivir solo.

—Ojalá hubieras estado conmigo en ese momento, habría sido increíble ver algo así teniéndote cerca.

—Algún día nos hacemos un viaje juntos.

—Sí, por favor, pero que haya pizza, la comida de Irlanda no me gustó una mierda.

—Vámonos a Italia.

—Buah, me encantaría ir a Roma.

—Venga, vámonos a Roma.

—Algún día.

—¿Me lo prometes?

—Te lo prometo.

—Leo, creo que me gustas de verdad.

—Karma, yo tengo muy claro que me gustas de verdad.

Y nos besamos, despacio, sin prisa, sin rastro de sexo; de hecho, casi que no había lenguas enredadas. Eran piquitos intensos, besos de te cuido, besos de espacio seguro, besos de estoy aquí para ti.

26

Otra noche fuera de casa

Nos quedamos dormidos abrazados, le conté mis viajes por el este de Europa, cómo me había marcado dos pedazos de Interrailes en un año y había visitado más de diez países en un curso universitario. Bulgaria me la recorrí prácticamente entera (mi país favorito de Europa sin lugar a duda, no sé si soy objetiva, pero tampoco me importa), Grecia, Macedonia, Rumanía, Transnistria, Ucrania, Serbia, Turquía, Hungría, Albania... Fue una experiencia increíble.

También le conté mi anécdota con un alemán, una noche loca digna de no olvidar. Se estuvo riendo de mí durante casi veinte minutos, en voz baja, claro: no queríamos que Raúl me odiara más todavía.

—Entonces ¿te lo tiraste en un parque?

—Qué va, por aquella época a mí ni se me ocurría follar.

—¿Eras virgen?

—No, pero como si lo fuera.

—No lo entiendo.

—Bueno..., digamos que tuve una experiencia desagradable de adolescente y no volví a tener sexo hasta los veinticinco.

—¿Me lo estás diciendo en serio?

—Sí, querido.

—¿Con cuántas personas has estado?

—¿Follando?

—Sí.

—Tú eres el tercero.

—Mentira.

—¿Mentira? ¿Pero eres tonto o qué?

—Ehhh..., Karma, yo he estado con bastantes mujeres y, por cómo te desenvuelves en la cama, puedo asegurarte que no has estado solo con tres.

—La madre que te parió..., que aún me vas a decir tú ahora con cuántos he estado yo.

—¿Con tres, en serio?

—Con tres si tú cuentas; si tú no cuentas, con dos.

—No, no. Yo cuento.

—Pues si tú cuentas, tres.

—Qué fuerte.

—¿Por?

—No sé, creía que habías estado con muchos chavales.

—Pero si ya te dije que no hace días.

—Ya, pero yo qué sé, pensaba que ibas de farol.

—¿Por qué te iba a mentir en algo así?

—Yo qué sé, pero es que eres demasiado la hostia como para que no hayas estado con más chicos.

—Que me meo... Yo no sé quién te crees que soy, pero la realidad es que solo soy una pringada.

—¿Una pringada friki que viaja, que estudia, que escribe, que escucha, que es graciosa, que folla increíble, que tiene un discurso social que flipas y que encima es actriz?

—Soy teleoperadora.

—Cómeme los huevos.

—Cuando quieras.

—Te lo digo en serio. Después de todo lo que me has contado no puedes pensar que eres solo «teleoperadora».

—Pero es que lo soy.

—Eso es transitorio, tú vas a llegar a donde te dé la gana, Karma.

—Déjame dudarlo.

—Te dejo dudarlo, pero lo tengo superclaro. Dentro de unos años estarás petándolo como actriz, se darán cuenta de tu talento cuando menos te lo esperes.

—No me conoces de nada.

—Te conozco más de lo que crees.

—En eso puedes tener razón, a veces siento que sabes más de mí que yo misma.

—A veces yo siento lo mismo. No que yo te conozca, pero sí que tú me conozcas a mí.

—Yo siento que no sé nada de ti.

—Pues en ese caso estamos exactamente en el mismo punto.

Y qué puta locura, ¿eh?, lo de estar en el mismo punto con alguien. Coincidir en el tiempo-espacio, que sea recíproco y que ambos estéis buscando exactamente lo mismo. Milagro, me aventuraría a llamarlo.

Es que si lo pensamos, esto del amor en nuestra época es muy complicado, ¿eh? Vamos, en todas, pero hablemos de esta, que es la que conocemos de verdad. Tiene que gustarte alguien, tienes que gustarle tú a esa persona, tenéis que estar ambos solteros, debéis tener la misma visión de futuro, debéis estar dispuestos a lo mismo (si uno acaba de salir de una relación o el otro se niega a tener algo serio, apaga y vámonos, que si uno es poliamoroso, que si el otro quiere relación abierta, que si, que si, que si...), debéis estar dispuestos y disponibles para que surja la magia.

Creo que esa es una de las claves que aprendí con Leo: la magia no existe sin más, la magia se crea, se hace, se la monta uno. No es suficiente con gustar, no es suficiente con que te guste, tienes que poner de tu parte, tiene que poner de su parte. Si todo va en una única dirección, no existe, no fluye, no aparece. Tiene que ser recíproco.

Y, sí, yo tuve la suerte, yo tuve la tremenda suerte de encontrar a alguien con quien sí, con quien fluía, con quien tenía sentido, con quien amar y con quien sentirme amada. Durara el tiempo que durase, es algo que me llevaré conmigo a la tumba. Conocí el amor, me sentí amada, aunque no fuera eterno. Qué dichosa fui.

27

Buenos días, querido

Como al día siguiente él seguía de vacaciones y no tenía que ir al colegio para nada, no nos pusimos despertador. Yo me desperté pasadas las once y vi que estaba dormido. Si queréis os cuento cómo me sentí al verle con los ojitos cerrados, la respiración profunda y la carita tranquila, en paz, sintiéndose seguro mientras dormía.

Pero en realidad prefiero contaros cómo le di los buenos días rozando mi culo contra su pene, la verdad.

Tuve mi momento romántico, el de sentirme afortunada por estar viviendo esa maravillosa visión, pero se me pasó enseguida: mi señor chocho me llamó la atención al grito de «sí, muy mono, pero que nos eche un kiki a la de ya», y yo, como soy una mujer complaciente, pues le tuve que hacer caso.

Me di media vuelta, me pegué todo lo que pude a él, puse mi pandero en su polla y empecé a moverme despacio. Mientras tanto cogí su mano y la puse en mi teta izquierda, la cerré en ella y empecé a moverla también despacio, al ritmo de mis caderas.

Él se revolvió y lo primero que hizo fue inspirar entre mi pelo, cogió nueve kilos de mi olor y con él me susurró un:

—Así se dan los buenos días.

—Quiero que me folles.

—Y yo quiero follarte.

Me apartó el pelo del cuello y paseó su lengua por todo él. Llegó hasta el lóbulo de mi oreja y lo mordió despacio, yo ahogué un gemido y me apreté más a él, con más fuerza. No podía más, quería sentirle dentro, sentirle dentro de verdad.

Bajó la mano de mi teta a mis caderas, me apretó todavía más fuerte contra él y sentí cómo poco a poco se despertaba, cómo su pene erecto me daba los buenos días también. Empezó a moverse hacia delante y hacia atrás, paseando su polla dura por mi culo, lentamente, tentando, haciendo que me deshiciera de las ganas.

Me bajó las bragas de un tirón y empezó a agarrarme las nalgas, a separarlas mientras paseaba su miembro de la entrada de mi vagina hasta el final de mi culo... Era pura tortura, de verdad os lo digo.

Subió la mano a mi boca y me metió los dedos dentro, yo chupé sin descanso, imaginando que no eran sus dedos. Mientras tanto, él seguía igual, moviendo su polla por todo mi sexo, a su antojo, sin descanso, empapándola con mi flujo.

Bajó los dedos hasta mi clítoris y empezó a masajearlo en círculos, despacio, pero ejerciendo mucha presión, haciendo que mi culo aprisionara su miembro más todavía. Yo cerré las piernas, dispuesta a dejarme llevar por el viaje que me estaba ofreciendo, pero cuando estaba a punto de correrme paró y bajó con los dedos hasta el agujero que tanto estaba esperando su entrada.

—Estás empapada.

—Quiero que me folles, Leo.

—Te voy a follar, Karma. Pero antes déjame jugar un ratito.

Metió los dos dedos mágicos dentro y volvió la tortura, volvió el placer incontenible, el ritmo era frenético, entraban y salían con la maldita forma de gancho, dando justo en el punto G, rozando mi clítoris desde dentro, haciéndome llegar al orgasmo.

Mientras me susurraba «Córrete para mí» al oído, con la otra mano me agarraba la teta derecha con su brazo por debajo de mi cuerpo y los dedos seguían trabajando sin descanso. Me corrí, me volví a correr eyaculando, soltando un río de placer a mi paso que ya me era conocido. Ese chico conocía mi cuerpo mejor que nadie y yo no sabía cómo asumirlo.

Me quedé tiritando en el colchón, espasmos recorrían mi cuerpo, iban del centro de mi clítoris al estómago, pasando por mi pecho y haciéndome sacudir cada extremidad. Eso era sexo, sucio, guarro, animal.

—¿Quieres más?

—Por favor, sí.

De un solo movimiento me giró contra la cama, me dejó completamente boca abajo, me abrió las nalgas y lo oí suspirar de placer.

—Qué culito tienes.

—*Aham*...

—¿Alguna vez has practicado sexo anal?

—No.

—¿Tienes curiosidad?

—No lo sé.

—Eso no es un no, algún día jugaremos por ahí.

No sé por qué dije «No lo sé», la respuesta era un clarísimo «NO», jamás se me había ocurrido que me dieran por el culo. Pero en ese momento, en esa situación, cualquier propuesta me parecería acertada, le habría dicho que sí a cualquier cosa, estaba como poseída, quería conocer cada rincón de mi cuerpo, quería que jugara con cada parte de mí, quería tenerle dentro, y no me importaba cómo ni cuándo.

Oí cómo se escupía en la mano y se humedecía el pene, empezó a azotarme con él en el culo, estaba durísimo. Lo acercó a mi entrada y tanteó un poco, lo movió en círculos despacio, sin llegar a metérmelo.

—Karma, ¿quieres que te folle?

—Sí.

—Dímelo.

—Leo, quiero que me folles.

—¿Quieres que lo haga despacio o lento?

—Me da lo mismo, pero fóllame ya.

—Tus deseos son órdenes para mí.

—Pero ponte un condón antes.

—Hostias, sí.

Sin quitarse de encima de mí, estiró el brazo, cogió una caja de preservativos, abrió uno, se lo puso y me la metió despacio. Entró como si fuera su santo templo, estaba empapada, mi vagina le dio la bienvenida como si siempre hubiera estado viviendo allí. Cuando la metió del todo lo oí gruñir y, de manera instintiva, me apreté contra él. No puedo explicaros lo cachonda que me ponía oírlo sentir placer.

Empezó a meterla y a sacarla despacio, agarrándome el culo con fuerza usando las dos manos, yo únicamente podía enterrar mi cara en la almohada, morirme de placer, sentir que jamás volvería a follar tan bien con nadie como me estaba follando él por primera vez. Bueno, segunda, vosotras me entendéis.

Se abalanzó sobre mí, puso sus brazos estirados a ambos lados de mi cabeza y siguió con el ritmo irrefrenable. Entrando y saliendo, sin cesar, llegando hasta el fondo de mi ser. Yo solo podía intentar abrir las piernas un poco más, intentando dejarle llegar más adentro, que no quedara ni un solo centímetro en mi interior que no estuviera lleno de él, quería que sintiera que mi cuerpo era su hogar, que podía quedarse dentro de mí para siempre.

Volvió a incorporarse, me dio un azote en el culo y yo, de manera instintiva, me abrí las nalgas con las manos. No me preguntéis de dónde salió esa iniciativa porque a día de hoy sigo sin tener ni idea. Un rugido que surgió del fondo de su garganta me indicó que disfrutaba de las vistas, que le gustaba lo que veía.

Siguió metiendo y sacando su polla de dentro de mí mientras yo abría mis nalgas; lo hacía para..., no sé muy bien para qué. Oí cómo se chupaba un dedo y de repente lo noté ahí, en mi ano, apretándolo, mientras seguía penetrándome con fuerza. No sé qué sentí. No me metió el dedo dentro ni mucho menos, únicamente ejercía presión desde fuera, jamás nadie se había acercado siquiera a la zona.

Exploté de placer, grité como una empedernida, las sacudidas fueron incontrolables. ¿Qué mierdas acababa de pasar? ¿Cómo era posible que una caricia me hiciera sentir tantas cosas en cuestión de segundos? Me retorcí en la cama, me quería morir de satisfacción, me moví tanto que lo saqué de mí, todo mi cuerpo estaba en pura tensión para después dejarlo libre, descansado, en paz.

Me puso de nuevo a cuatro patas y vi cómo el condón volaba hasta aterrizar en el suelo.

—Ábrete las nalgas.

No lo pensé ni una milésima de segundo, obedecí diligente. Se corrió sobre mí a los quince segundos diciendo mi nombre.

Eso también es amor, supongo.

28

¿Qué acaba de pasar? Divaguemos

¿Cómo os cuento esto para que no parezca una justificación? ¿Para que no parezca que tengo que dar explicaciones cuando estoy en la cama con alguien sintiéndome libre, siendo yo misma y ya?

Pues empezando por ahí: esto no es una justificación. No os estoy dando explicaciones para que parezca que pido perdón por disfrutar, por ser yo misma en un entorno seguro, pero quiero expresarme, quiero contaros cómo me sentí, quiero reflexionar en voz alta, quiero dejar claro que el sexo cuando es consentido se ve así. Yo lo viví así.

Nunca antes, jamás en toda mi vida, me habría imaginado abriéndome las nalgas; nunca antes, jamás, te habría creído si me hubieras dicho que iba a dejar que un hombre me acariciara el ano con un dedo; nunca antes, jamás, habría pensado que hacer *squirting* fuera algo tan sencillo. Pero es que con él era así.

No quiero que le idealicemos a él o a nuestra relación, quiero que seamos conscientes de que, cuando estamos seguras, tranquilas y tenemos sensación de confianza, los tabúes se caen, los prejuicios mueren y los instintos florecen.

La vida se abre paso y el sexo es animal, primitivo, sucio y maravilloso.

Y, sí, estábamos haciendo el amor. Eso no era solamente follar, lo entendí aquel día, con la casi treintena a mis espaldas. No hay dos cosas distintas, también pueden ser la misma.

Yo siempre creí que así era, creía que se podía follar o se podía hacer el amor, pero no es así, se pueden hacer las dos a la vez y para mí no hay momento más increíble que ese.

Creo que el sexo está sobrevalorado y que a la vez lo apreciamos muy poco cuando es realmente de calidad. Creo que el sexo es la máxima unión posible entre dos personas. Literalmente nos desnudamos, mostramos las partes más ocultas que tenemos de nosotros mismos, las exponemos a otras personas y dejamos que jueguen con ellas, que toquen, que palpen, que experimenten. Que hagan con nuestro cuerpo lo que quieran, nos dejamos llevar, nos permitimos apagar el cerebro y poner el modo avión, únicamente pasión y placer a los mandos de la nave.

Eso es sexo, sexo de verdad, sexo de calidad. Es muy difícil de conseguir, es muy extraordinario, es algo que no aparece con cualquier persona.

Por supuesto que puedes follar con cualquiera cualquier noche y darlo todo, por supuesto que eso puede darte un placer increíble, pero ¿cuándo se juntan los astros? ¿Cuando todo sencillamente está en orden? ¿Cuando te sientes segura, escuchada, confiada y amada?

Eso es magia, queridas mías. Aprendamos a valorarlo cuando aparece, porque luego llega el día a día, se apaga el enamoramiento, aparece el amor y el sexo se vuelve rutinario, se vuelve cosa de noches aisladas, se vuelve algo menos intenso, menos único, menos especial.

Cuidemos a nuestras parejas sexuales, escuchemos a nuestras parejas sexuales, comuniquémonos con ellas. Demandemos, expresemos, pidamos. El placer tiene que ser por y para las dos partes. El sexo se habla, la cama se comparte y el cerebro se apaga.

Si no conseguimos la combi completa, el valor disminuye, pero no tenemos que sentirnos mal por no vivirlo como aquí yo lo describo. Lo que yo os cuento en estas líneas es algo que pasa una vez entre un millón, encima está romantizado, bañado por el recuerdo de lo que fue, escrito por unos dedos que amaron y se sintieron amados aquella noche. No podéis hacerme caso y únicamente buscar las sensaciones que yo aquí describo. Pero sí os pido que, si alguna vez encontráis algo parecido, no lo juzguéis, no lo viváis desde la mente, intentad apagar los pensamientos, entregaos de verdad al otro, dejaos ser vulnerables. Sé que es muy fácil de decir y muy difícil de llevar a cabo, pero, si no es así, no se vive de verdad.

Tenéis que ir más allá, tenéis que buscar vuestra propia historia, tenéis que estar preparadas para cuando llegue, tenéis que revivirla si ya la tenéis.

El sexo está sobrevalorado, porque es algo que suma, pero no es algo imprescindible, no te realiza como persona.

Ojalá todo el mundo pudiera vivir una experiencia sexual como las que yo tenía con Leo al menos una vez en la vida, pero si no es tu caso, no pasa absolutamente nada, porque sorpresa: tú eres mucho más que el sexo que tienes, con quién lo tienes o cómo lo tienes.

El sexo para cada persona significa una cosa distinta, y ninguna de ellas está bien ni mal. Reflexiona, piensa y encuentra la respuesta. Entiende qué significa para ti, únicamente para ti, no para nadie más. Cuando lo sepas, intenta vivirlo como tú quieras.

Si necesitas amor, no te conformes con menos. Si solamente quieres terreno físico y no te apetece que se mezclen sentimientos, comunícalo. Si no quieres sexo porque no te gusta, porque no te sientes cómoda o porque no te apetece, no te fuerces, no hagas cosas que no quieres hacer, no te veas obligada a experimentarlo porque locas como yo hablemos de ello como si fuera una experiencia religiosa.

El sexo es algo muy personal, cada una lo vive como quiere y como puede. Yo lo viví así y así os lo cuento, pero, por favor, que esto no signifique nada.

29

¿Te quedas a comer?

—¿Puedes, por favor, traerme una toallita?

—Solo tengo papel higiénico.

—Eso solo lo va a restregar todo, pero no lo va a limpiar.

—Yo lo dejaría así, parece una obra de arte.

—Van Gogh, por favor te lo pido, ¿puedes moverte y traerme algo para que me limpie el culo?

—Ay, voy.

Salió de la habitación, no sin antes darme una buena palmada en la nalga. Yo me vi ahí, a cuatro patas sobre su cama, con el culo lleno de... lleno de arte, y no pude hacer otra cosa que descojonarme.

El sexo es lo más, pero cuando acaba y pones perspectiva... Definitivamente, un cuadro.

Oí entre mis propias risas ahogadas cómo se abría la puerta de nuevo.

—¿De qué te ríes?

—De lo surrealista que es todo.

—¿Por qué?

—Pues porque estoy con el culo abierto en tu cama esperando a que me traigas papel higiénico.

—Una imagen preciosa.

—Seguro que sí.

De repente noté cómo el papel empezaba a recorrer mis nalgas y me sobresalté.

—¿Me estás limpiando el culo?

—Hombre, lo he manchado yo.

—Qué vergüenza, por favor.

—¿Ahora te da vergüenza?

—Es que no es lo mismo.

—¿El qué no es lo mismo?

—Pues que antes estábamos haciendo el ñiquiñiqui y ahora ya no.

—Ah, entonces, ¿si no follamos en *Sims* no puedo tocarte lascivamente?

—¿Me estás limpiando el culo lascivamente?

—Puede ser.

—Leopoldo Clarín, por favor te lo pido.

—¿Qué me pides, querida?

—Que no goces de una escena tan turbia.

—¿Turbia? Esto está siendo precioso.

—Te odio.

—Sabes que no.

Yo, de verdad, no voy a repetir lo fuerte que era todo. Segundo día que nos veíamos, me estaba limpiando el culo con papel higiénico, y lo peor de todo es que parecía tan normal. La confianza que se había generado entre nosotros en cuestión de horas no tenía ningún tipo de sentido.

Después de darme cuenta, como ya sabía de antes, de que lo del papel higiénico no iba a ser suficiente, me ofreció su ducha. No sin antes tener que salir para que me asegurase de que no había nadie por la casa, pues lo último que quería era cruzarme con Raúl.

Salí de la ducha, me eché mi perfume (y se lo eché a él en la cama), me puse la ropa del día anterior y lo recogí todo para irme mientras lo oía trastear en la cocina. Me acerqué con la mochila colgada del hombro para despedirme y me lo encontré fregando los platos sucios de la noche anterior. Me quedé un rato contemplando la escena y a nadie negaré que me puso *tiernichonda* (palabra que me acabo de inventar y deberíamos acuñar) verle hacer las tareas del hogar. Así estuve hasta que notó mi presencia.

—¿Qué haces?

—Disfrutar.

—No, que qué haces con la mochila.

—Ah, irme a casa, ¿no?

—¿Ya?

—¿Cómo que ya? Si llevo aquí más de doce horas.

—Pocas son. Pensaba que íbamos a comer juntos.

—Pero si entro a currar dentro de poco más de dos horas.

—Nos sobra tiempo.

—Tengo que pasar por casa.

—¿Para qué?

—¿Para cambiarme?

—¿Por qué quieres cambiarte? Estás guapísima.

—¿Porque es la ropa de ayer y no quiero que todo el mundo en el curro piense que soy una cerda?

—Te dejo una camiseta.

—Leo, por Dios, que en algún momento tengo que pisar mi casa.

—Cuando salgas de currar.
—¿En serio?
—¿Te gusta el sushi?
—¿Me estás vacilando?
—Aquí al lado hay uno superbarato que está buenísimo.
—No me lo creo.
—Qué planazo.
¿Me oís sonreír? Pues eso.

30

Sushi con tenedor y salsa de intensidad

A la una en punto estábamos entrando por la puerta de un restaurante chino cutre que olía a tallarines fritos que daba gusto. Encima, sin haber desayunado, más rico todavía. Nos sentaron a una mesa para dos, estábamos solos en el restaurante, pero, claro, normal. ¿Quién come en España a la una del mediodía?

Pedimos comida para un regimiento y no sobró absolutamente nada. Qué placer más grande.

Pan de gambas mientras mirábamos el menú, un pan chino, *wan tun*, un rollito de primavera para cada uno, tallarines con verduras, cerdo agridulce, pollo al limón y un plato de sushi variado para compartir. Todo regado con conversaciones intensas y ojos que viajaban de la comida a los ojos del otro con el mismo deseo.

—Háblame de tus ex.

—¿Yo?

—No, el camarero.

—¿Qué quieres que te cuente?

—Todo.

—¿Todo?

—Yo te conté qué tal mi ex y tú no has soltado prenda.

—¿Te hablo de Damián o de Juanjo?

—¿A cuál prefieres?

—A Juanjo, sin duda.

—Pues de Juanjo.

—Pues..., a ver... Juanjo era mi compañero de piso. Roberto se fue a vivir a Oxford un año y lo metió en su habitación para que pagara el alquiler durante los meses que él estaba fuera. Cuando llegó a casa tenía novia, pero estaban como medio mal. Era muy majo y nos dedicamos durante un mes entero a tirarnos hasta las tantas de la madrugada hablando de todo un poco en el sofá de casa casi a diario. Era raro, porque era como que tonteábamos, pero no. O sea, creo que la atracción era evidente, pero tan solo hablábamos de cosas profundas, así que no era tonteo como tal.

—*Aham*..., ¿y cuándo cambiaron las cosas?

—Pues cuando lo dejó con su novia.

—¿Inmediatamente?

—Pues creo que sí, la verdad. La primera vez que nos besamos no había pasado ni una semana desde que lo dejó.

—Ah, ¿que lo dejó ella encima?

—Creo que fue mutuo, pero la iniciativa definitivamente la tomó ella, él no es muy de tomar iniciativas.

—No te pega nada un tío así.

—Lo sé, pero me hizo muy feliz y me cambió como persona.

—¿En qué sentido?

—Bueno..., digamos que yo tenía bastantes problemas

con lo de quererme y eso en lo que a hombres se refiere, sentirme atractiva, creerme capaz de poner a un tío cachondo... Si a eso le sumamos lo que pasó con Damián, pues apaga y vámonos. Cuando Juanjo llegó a mi vida yo era un mar de inseguridades y complejos.

—¿Te hizo cambiar él?

—En parte, sí, no le quiero dar a él todo el mérito porque al final el camino lo recorrí yo, pero sí es cierto que él me dio la mano para poder avanzar. Estuvo esperando pacientemente más de seis meses hasta que estuve preparada para chuscar. Básicamente me demostró que me quería, que me podía sentir amada y que no había nada «defectuoso» en mí.

—¿Cómo ibas a creer que había algo malo en ti?

—A ver, Leo... Crecí como una niña gorda, como una adolescente gorda. Siempre he creído que no merecía amor, que el amor estaba hecho para los demás, no para mí. Encima, la única relación que tuve fue... fue... Bueno, fue de maltrato, vamos a dejarlo ahí. Si ya tenía poca autoestima con respecto a los hombres, Damián me la terminó de joder.

—Qué asco más grande.

—Bueno, ahora soy quien soy gracias a todo lo que viví.

—Podrías ser igual de maravillosa sin tener que haber pasado por todo eso.

—Nunca lo sabremos.

—¿Y qué tal te llevas con ellos?

—A Damián no le he vuelto a ver desde que tenía dieciséis, y con Juanjo he quedado la semana que viene.

—¿Y eso?

—Tengo que devolverle cosas que todavía tiene en casa.

—Pero ¿cuánto hace que lo dejasteis?

—Dos años, pero se fue de casa hace uno.

—¿Estuviste un año viviendo con tu ex?

—Y con Roberto, los tres juntitos.

—¿Cómo?

—Pues es que... nos llevamos bien, ¿sabes? O sea, cuando lo dejé fue un dramón, no lo vio venir, él no quería dejarlo y yo lo oía llorar por las noches y todo. Fue bastante... bastante horrible. Pero de él en ningún momento salió irse y yo no le quería echar porque me moría de pena. Roberto volvió y tuvimos que compartir habitación. Roberto y yo, digo.

—Karma, ¿me lo estás diciendo en serio? Eso es porque aún le querías.

—No, no, qué va. Creo que nunca le he querido. O sea, no, le quería muchísimo, pero no era... no era como contigo.

—Venga ya.

—Te lo estoy diciendo súper en serio. Nunca llegué a sentir algo «mágico»... Era todo muy rutinario.

—Pues no entiendo que no lo echases de tu casa cuando lo dejaste, la verdad.

—Es que también era su casa.

—Ya me entiendes.

—Bueno, no sé, yo soy así.

—¿Tonta?

—Tampoco te pases.

—No me paso, es que no me parece normal, no lo entiendo.

—Y probablemente no lo sea, pero yo me sentía mal si le decía que tenía que irse. Me sentía en deuda con él, no sé. Estuvo seis meses esperando para poder acostarse conmigo, en ningún momento me presionó, simplemente fue paciente y esperó a que yo estuviera preparada.

—Deja de repetir eso como si fuera un héroe, si tú no querías antes o no estabas preparada, pues qué menos.

—Ya, pero no sé... Nunca nadie, jamás, había hecho eso por mí, yo me sentí muy agradecida, y no salía de él lo de irse de casa.

—Si volvieras atrás, ¿repetirías?

—¿Tener una relación con él? Por supuesto. ¿Que una vez que se acabara no tener la conversación para que se fuera de casa? Ni de coña. Ahora, después de todo, tendría la conversación y le pediría que se fuera. Fue un año de tortura para los dos.

—¿Por?

—Pues porque él casi no salía y, por tanto, yo no quería entrar. Estuve todo el año de fiesta en fiesta durmiendo en casas de amigos, porque cada vez que me lo encontraba veía en sus ojos dolor, como que me seguía queriendo, y yo me sentía como una auténtica mierda.

—¿Estaba muy enamorado?

—Creo que sí.

—¿Te sigue queriendo?

—Pues creo que la intensidad evidentemente ha bajado, pero te diría que sí. Tenemos una amiga en común y me dice que sigue hablando de mí..., como que se niega a avanzar porque dice que todas las chicas que conoce no terminan de convencerle porque básicamente no son yo.

—¿Y tú qué piensas?

—Pues pienso que él lo tenía todo superidealizado, la verdad, que nos quisimos mucho, pero aquello no fue para tanto. Casi no salíamos de casa, no nos acompañábamos en nada, nuestras noches eran él ver la NBA y yo jugar al *LOL*, salimos a cenar fuera dos veces en un año... No sé, era demasiado rutinario todo desde el principio.

—Pero le querías.

—Claro, claro. Me hizo aprender muchísimo de mí misma, pero dejarle no fue nada fácil, aún le seguía queriendo mucho, pero me di cuenta de que no podía conformarme con algo que para mí evidentemente no era suficiente.

—Pero ¿ya no sientes nada?

—A ver, nada tampoco... Siempre será mi ex y siempre le tendré cariño, no sé. Pero no, no le quiero ni estoy enamorada de él ni nada de eso.

Después de esa sentencia se hizo el silencio, pero fue un silencio pesado, el primero desde que nos conocimos, me atrevería a decir que ni siquiera cuando solamente hablábamos por WhatsApp nos llegamos a callar así.

Fue cosa de cinco minutos, porque justo llegó la cuenta, yo me quedé dándole vueltas a mi relación con Juanjo y él se quedó pensando en sus movidas, supongo. Pagué yo y salimos. Caminamos hacia el metro para que me fuera a currar, solo me habló para preguntarme si quería que me acercara en coche y le dije que no hacía falta.

Cuando llegamos a la entrada le pregunté si pasaba algo, me dijo que no, nos dimos un beso que se quedó en poco más que un pico y me metí en el metro.

Definitivamente pasaba algo, pero no sabía qué.

31

Qué mal llevo el silencio

Estuve todo el trayecto en metro dándole vueltas a lo que fuera que podría haber pasado. No éramos más que dos adultos hablando de sus exparejas, ¿no? ¿Y por qué notaba que algo había cambiado? ¿Por qué tenía la sensación de que estaba haciendo algo mal? Pero ¿qué había hecho mal?

Os juro y os prometo que no fui capaz de notar qué había sido. En realidad, a base de darle vueltas llegué a la conclusión de que sería cosa de haber hecho la mochila y dar por sentado que no comeríamos juntos, que probablemente eso le habría molestado.

Porque yo no me había molestado, ¿verdad? Definitivamente verdad, yo estaba bien, yo estaba de puta madre de hecho. Se le había levantado (nadie comentó que de repente no hubo gatillazo, simplemente fue como si nada hubiera pasado), habíamos follado increíble, me había dado una ducha y nos habíamos ido a comer. Habíamos tenido una conversación intensa, terminamos y a currar.

Nada, definitivamente me estaba volviendo loca y no pasaba absolutamente nada. ¿Qué es esta manía mía tan tonta de sacar las cosas de quicio y sentir constantemente que hay algo que tiene que ir mal? No había nada mal, estaba todo de puta madre.

Ansiedad, eres asquerosa, vete de mi cabeza, pesada.

¿Trabajar seis horas y cuarenta minutos teniendo ese debate en bucle en la cabeza? Pues superguay, un planazo, lo más.

32

Rupert, esto es un llamado de emergencia

Llegué a casa llorando que ni Alicia en el País de las Maravillas.

«Karma, pero ¿pasó algo?», os estaréis preguntando. Pues no, queridas, no pasó absolutamente nada, y ese era el problema. Que no pasaba nada y que eso entre Leo y yo no era normal. Por el amor de Dios, que habíamos follado con penetración por primera vez, que él estaba de vacaciones y que llevábamos desde el 23 de diciembre hablando a cada momento por WhatsApp. Sé que cualquier persona que no tenga ni idea de qué va la historia pensaría que estoy loca, que solo había pasado una tarde sin que me escribiera, pero vosotras sí la sabéis, vosotras sabéis cada coma y cada punto, así que estamos de acuerdo en que algo pasaba. Ese silencio no era ni medio normal.

—¿Se puede saber por qué estás llorando así? ¿Ya le tengo que partir la cara al picha flácida?

—Esta mañana se le levantó, tonto. Y no digas eso, que estás perpetuando la masculinidad tóxica.

—Cuando tienes razón, tienes razón, pero también tengo yo razón si te digo que como te haya hecho algo le parto la crisma en cuatro y me hago un té sentado en su cadáver.

—Rup, no puedes con él.

—Claro que puedo con él.

—No me habla.

—¿Cómo que no te habla?

—Pues eso, que no me habla.

—Pero ¿no me acabas de decir que te lo has chuscado? ¿Cómo no te va a hablar?

—No me habla después de haber follado.

—O sea, que definitivamente tiene un trauma con el sexo, ¡lo sabía!

—Que no, idiota. Si después de acostarnos nos hemos ido a comer... No me habla desde la comida.

—¿Adónde te ha llevado?

—A un chino.

—Ese chico es un cutre.

—¿Nos podemos centrar en mi drama, por favor?

—Perdón, cosas de géminis. Sigue.

—Pues eso, que comiendo hemos hablado de cosas intensas y desde entonces no me ha escrito.

—Pero ¿le has escrito tú a él?

—No.

—¿Y por qué no?

—Porque pasa algo.

—Pero ¿qué va a pasar?

—Pues no lo sé, porque no lo entiendo, pero pasar pasa algo.

—Vamos a ver, Karma María, no nos vamos a volver

cucurrucucú paloma de la cabeza antes de tiempo. Si él no te habla, háblale tú, por el amor de Dios, que no tenemos quince años.

—Que no es eso, que nosotros no contamos quién habla cada vez, cuando nos apetece nos escribimos y punto.

—Entonces ¿por qué no le has escrito?

—Porque pasa algo y él lo sabe.

—Coño, pues escríbele y pregúntale qué le pasa.

—Me da miedo.

—¿Por qué?

—Por si me deja.

—Ehhhhhh, vamos a ver y vamos a ver..., que no me quiero enfadar. Si quiere dejarte, te va a dejar exactamente igual le hables o no le hables. Lo que no podemos hacer es montarnos un drama digno de *Hannah Montana* sin saber qué está pasando.

—Ya...

—No, ya, no. ¿Por qué crees que pasa algo?

—Es que no lo sé, yo no he hecho nada.

—¿Entonces lo ha hecho él?

—No, tampoco. Pero después de comer había una energía rara.

—¿Energía rara?

—Sí, de verdad, no pienses que estoy loca, pero yo esas cosas las noto y le pasa algo, le pasa algo conmigo, yo creo que lo quiere dejar ya.

—Pero ¿qué ha pasado en la comida?

—Nada, solo hemos estado hablando, le he contado cosas de Juanjo y eso, pero porque él me ha preguntado.

—Bueno, hija, lo más normal del mundo..., cuando se conoce a alguien siempre se habla de los ex.

—Pues eso he pensado yo.

—Venga, escríbele.

—¿Y qué le pongo?

—Pues le das las buenas noches y le preguntas qué tal la tarde. O eres sincera y le dices que estás rayada y que si le pasa algo. O le mandas una foto de tus tetas, yo qué sé. Que al final es un mensaje, chocho. No le des tantas vueltas.

—Vale.

—Te quiero mucho, ¿eh?, y no me gusta que te rayes tanto a la primera de cambio, tú no eres así desde hace mucho tiempo.

—Ya..., es que me saca la inseguridad.

—Pero es que tú eres una mujer segura.

—Con él no. Y no me mires así.

—No te miro de ninguna manera.

—Me estás mirando con cara de querer decirme que vaya a terapia.

—No te he dicho nada.

—Pero lo estás pensando.

—Eso lo dices tú.

—No quiero volver a terapia.

—No te he dicho que vuelvas.

—Me voy a la cama.

—¿No cenas?

—No tengo hambre.

33

Buenas noches para quien las tenga

Dejo constancia aquí de que le escribí, le escribí a las doce menos cuarto de la noche y nadie me contestó. Le puse un escueto «¿Cómo ha ido la tarde?», y no recibí respuesta alguna.

Fue una noche de esas que no le deseas a nadie, o al menos yo no se las deseo a nadie. Dar vueltas y vueltas como una peonza para no llegar a ninguna conclusión. La ansiedad llamando a tu puerta en forma de insomnio, dolor en el corazón y este mismo desbocado, como si se fuera a salir del pecho.

Todo el rato rumiando pensamientos supernegativos, hablándome fatal, tratándome fatal, recordándome a mí misma constantemente que estaba sola en el mundo, que no merecía amor, que cómo me iba a querer alguien a mí.

Llevaba sin tener este tipo de pensamientos... pues desde Damián, diría yo. Al principio alguno salió con Juanjo, pero ni de broma gritaban tan fuerte como aquella noche.

¿Por qué tanto dolor si no había pasado nada? Pero yo sentía que algo había, en el fondo de mi alma lo sabía y tenía claro que había sido por algo que yo había hecho. Yo había engañado a Leo y por fin había descubierto la verdad, había visto el pastel, se había dado cuenta del timo y me iba a dejar. Sabía desde el principio que no iba a durar mucho, pero ¿tan poco?

¿El síndrome de la impostora pero en relaciones sexoafectivas? Esa soy yo, desde siempre. No me puedo creer que la gente me quiera, no puedo entender que un hombre me encuentre atractiva, me ame, me cuide, me escuche, me entienda y me respete. Es algo que en mi cabeza no tiene ningún tipo de sentido.

Lo trabajé en terapia cuando Damián salió de mi vida, pero creo que es algo que jamás llegué a creerme. He estado sola casi toda mi existencia, no he necesitado a nadie y, cuando los hombres están lejos, todo va bien. No hay pensamientos negativos, no hay dolor, no hay inseguridad, no hay toxicidad de puertas para dentro. Fluyo tranquila, feliz, a mi bola.

Ahora, ¿cuando aparece alguien que me gusta de verdad? Apaga y vámonos, sale la Karma mala.

Mentira, sale Laura. La que sale es Laura, la niña pequeña, la adolescente insegura, la que no sabe quererse, la que no sabe cuidarse, la que cree que no es suficiente.

Como es esto de la vida, ¿verdad? Me cambié de nombre para deshacerme de mí misma y resulta que yo seguía viviendo dentro de mí y no fui consciente hasta esa noche. De verdad que creía haber matado y enterrado a Laura, creía haber resurgido de mis propias cenizas como Karma, pero nada más lejos de la realidad.

Algún día entendería que no hay dos yo, que no son Laura por un lado y Karma por el otro, que son una misma persona, un único ser. Pero ese día no fue aquel día, ese día llegó muchísimo después y también lloré, lloré abrazada a mí misma, lloré cuando entendí que las partes de mí que no me gustan tanto también son yo, también forman parte de mí y también son absoluta y completamente preciosas.

Pero aquí no era capaz de verlo, aquí solo me podía odiar, solo me podía repudiar, solo podía llorar por algo que todavía no había pasado.

34

¿Día de roscón o día de lágrimas? Es para reflexionar, ¿eh?

Llevo diez años en Madrid, llevo diez años pasando las Navidades en Valencia y llevo queriendo ver la *fucking* cabalgata de los santos Reyes Magos de Oriente en la capital desde que tengo uso de razón.

La cabalgata en mi pueblo es más bien cutre, y cada vez que de pequeña veía la de Madrid en la tele... me temblaba hasta la pepitilla de la emoción. Pero, claro, pasando aquí todo el año, ¿cómo no me iba a volver de la Comunidad Valenciana solo para ver una cabalgata cuando estaba allí toda mi familia? No tenía ningún sentido.

Pero ese año tenía la excusa perfecta, ese año me tocaba trabajar en enero y, por tanto, podría disfrutar sin cargos de conciencia. Roberto y yo estábamos superemocionados con el plan, invitaríamos a nuestros amigos de la uni que quedaban en Madrid a casa, haríamos chocolate caliente, compraríamos un roscón mitad con relleno y mitad sin, jugaríamos a juegos de mesa y nos daríamos los regalos del amigo invisible. Real que llevábamos fantaseando con ese planazo desde Halloween, ¿el problema? Pues que yo tenía a un hombre en mi vida que llevaba sin hablarme casi doce horas y eso era algo que mi cerebro no podía entender ni asumir.

Ahora miro para atrás y pienso: «La madre que te parió, Karmita, cómo te gusta montarte el drama, reina. Solo fueron unas horas de silencio, qué exagerada eres». Pero, claro, luego recuerdo cómo se vivía dentro de mis carnes y me doy el permiso, porque al final un trauma es un trauma y yo, sin validación masculina, por mucho que me duela admitirlo, no sabía vivir. (Me acabo de atrever a escribir eso en pasado, con todo mi papo.)

Me desperté la mañana del 5 de enero supertemprano; bueno, «me desperté» a secas, porque en realidad prácticamente no dormí. Di alguna cabezada de esas horribles porque tienes sueños en duermevela, como que son pensamientos que son sueños o son sueños que son pensamientos. No sé si esto le pasa a todo el mundo, pero definitivamente a mí sí. Y es horrible.

Me dediqué a mirar el móvil con la esperanza de que me escribiera en algún momento, le puse el sonido (yo, que no me he quitado el modo vibración desde que tuve mi primer Nokia) y, aun así, me dediqué a comprobar la pantalla cada media hora como máximo por si a mi móvil se le había olvidado cómo tiene que sonar una notificación.

¿Exagerada? ¿Loca? ¿Tóxica? Pues puede ser, pero me niego a maquillaros la realidad para dármelas de algo que no soy, por mucho que me avergüence. Ojalá no haber actuado así, la teoría me la sé a la perfección, pero la práctica no siempre es tan sencilla.

Madrugué tanto porque ese día tenía turno de mañana.

Bueno, todos lo teníamos de hecho, porque El Corte Inglés cerraba a mediodía. Así que entraba a las nueve y salía a las tres. Encima, al día siguiente libraba, o sea que todo perfecto.

En cuanto entré por la puerta de la oficina, Mar e Irene me miraron con cara de preocupación. La jefa tenía que ejercer de jefa y no podía cotillear conmigo a primera hora de la mañana, pero Mar me preguntó qué pasaba en cuanto posé un centímetro de nalga en la silla.

—¿Qué ha pasado, cariño?

—No lo sé, Mar. Desde anoche que no me contesta.

—Pero ¿pasó algo ayer? Te vi muy callada por la tarde, pero no me imaginaba que hubiera pasado algo ya.

—Es que no sé si ha pasado algo o me estoy quedando cucurrucucú paloma de la cabeza.

—¿Cucurrucucú paloma de la cabeza?

—En plan que estoy loca..., cosas de Roberto.

—Ese chico está fatal, me encantan las expresiones que usa.

—Dímelo a mí, que me las pega todas.

—Pero bueno, cuéntame qué ha pasado.

—Pues que antes de anoche dormí en casa de Leo otra vez, hablamos superguay, ayer echamos un kiki mañanero digno de película porno, nos fuimos a comer a un chino, hablamos un rato y desde entonces que no me habla.

—Pero ¿tú le has escrito?

—Sí, anoche. Le pregunté qué tal le había ido la tarde.

—¿Y nada?

—Nada.

—Pero ¿de normal tarda tanto en contestar?

—Qué va, ni de coña. Desde el principio me dijo que él si veía un mensaje contestaba en el momento, menos cuando le tocara currar, que durante el horario lectivo no tocaba el móvil.

—Pues entonces le pasa algo.

—¿Verdad?

—Hombre, claro, no es normal.

—Ay, menos mal.

—Pero ¿menos mal por qué? Si tú ya lo sabes.

—Pues porque me siento como una histérica porque «no ha pasado nada».

—La intuición es muy sabia, querida, y tú la tienes encendida en modo sirena de ambulancia.

—¿No me estoy rayando más de la cuenta entonces?

—Pues probablemente sí, pero es lo más normal del mundo, ese chico te importa de verdad.

—Ya...

—Escríbele otra vez.

—¡¿Otra vez?!

—Sí, pero no en plan qué tal la tarde, escríbele para quedar.

—Voy a ser una pesada.

—¿Y?

—Vale, si en dos horas no me contesta, le escribo.

—Me sirve.

Y tuve que hacer de tripas corazón para no llorarle a ningún cliente esa mañana, aunque también os diré que creo que me lo notaban en la voz, porque para ser la mañana del roscón y todos tener problemas con sus envíos, ninguno me chilló o me insultó más de la cuenta. De hecho, varios me dijeron «no pasa nada, si no se puede hoy, pues hacemos la devolución cuando llegue y ya está, nos acercamos en un momento físicamente y listo». Que un cliente te dijera eso sí era un milagro navideño.

Hasta que llegué al metro no le volví a escribir. Le hice caso a Mar, pero a medias: en vez de dos horas, esperé seis. No lo quería asustar. Que ahora lo pienso y digo: «Si se asusta porque te preocupas por él, es que ahí no es». Pero, lo de siempre, con perspectiva todo es mucho más fácil.

Leo..., ¿pasa algo?

Tardó menos de un minuto en responder:

Qué va, se me pasó anoche contestarte.

Ah..., es que nunca se te había pasado.

Siempre hay una primera vez para todo.

Lágrimas asomándose por el balcón de mis ojos en tres, dos, uno...

¿Quieres que nos veamos hoy?

Hoy es el roscón.

Ya, por eso, podemos ir a ver la cabalgata juntos.

Mi familia vive en Madrid, este día siempre lo paso con ellos.

Ah, vale, no me acordaba. Pues ya nos vemos otro día.

Sí, claro. Otro día nos vemos.

¿Sabéis esa sensación de querer llorar a moco tendido pero no poder hacerlo porque estás en un lugar público y no quieres que nadie te mire? Pues eso.

35

A mí el pimpinela ese no me jode la noche de Reyes

Eso no lo dije yo, lo dijo Roberto y, sinceramente, tenía más razón que un santo. Llevaba queriendo vivir ese día desde siempre, no me lo podía joder una persona que acababa de entrar en mi existencia. Tenía un planazo por delante y no podía amargarme por un hombre al que apenas conocía.

—Mira, es que se va a joder el tonto de los cojones este. Pero si no lo conozco de nada, hoy nos emborrachamos y a tomar por culo.

—Tampoco te pases, Lady 23, que el plan son juegos de mesa con chocolate caliente.

—Pues compramos vino blanco.

—Pues a eso sabes que no te voy a decir que no.

—Chocolate caliente, roscón y vino blanco fresquito. Un *frizzante*, así, a lo loco.

—Uh, la más loca de España sí eres.

—No te rías de mí.

—Es que estás fatal.

—¿Y eso a qué viene ahora?

—Pues que hace dos minutos estabas llorando y ahora quieres volverte loca bebiendo *frizzante*, que es zumito para adultos.

—¡¿Tú quieres que esté bien o no?!

—Que sí, que sí. Que vamos a tirar a Melchor de la carroza y nos vamos a subir nosotros.

—Ese es el espíritu.

—¡A tomar por culo! ¡Vamos a por vino!

Y nos bajamos al súper de confianza, pero estaba ya cerrado, así que acabamos pillándolo de un alimentación que nos sajó como si el vino blanco estuviera a precio de oro, pero era el precio que había que pagar por no tener una buena organización. Compramos cinco botellas y éramos cinco personas para pasar la tarde, a mí las cuentas me salían perfectas.

Fuimos a Atocha a ver la cabalgata y nos lo pasamos teta, estuvo a la altura de las expectativas. Roberto dice que le decepcionó mucho, que había demasiada gente y que el frío lo llevaba fatal. Pero es que, claro, para ese señor nada es nunca suficiente, así que tampoco lo vamos a tener muy cuenta.

Llegamos a casa y nos abrimos el vinito los cinco, repartimos los regalos y a mí me tocó un juguete sexual que llevaba de todo: succión, vibración, penetración y planchado de ropa también. Hacía de todo el bicho, las risas fueron dignas y con el pedo tontorrón que acabamos cogiendo lo probamos todos en directo, pero por encima del pantalón, guarronas, que sé ya la imagen que se os está montando en la cabeza. Coincidimos todos en que había sido un regalo de diez.

Y ahora viene la parte en la que confieso que ojalá esto que os he escrito fuera toda la verdad, que me olvidé de

Leo en todo momento y que no pensé en él, pero yo no he venido aquí a mentir.

Subí más historias ese día que en todo el mes de diciembre. Con el *look* de la cabalgata, sonriendo con todos mis amigos durante la misma, sexy señorita con una copita de vino, vídeo de mis amigos descojonados mientras jugábamos a *La Polilla Tramposa*, enseñando mi regalito del amigo invisible, bebiendo más vino...

Todas y cada una de las historias eran única y exclusivamente para que él las viera. Y las vio, sin excepción y casi al momento de subirlas. Claro aliciente para que subiera más contenido. ¿Me respondió a alguna? No, queridas. Se dedicó a observar en silencio, el muy hijo de una hiena.

Terminamos con las cinco botellas de vino y aún nos pusimos un gin-tonic cada uno. Yo odio la parte del *tonic*, pero como no compramos nada, pues solo había reservas de Robertito y ese señor no bebe nada que no sea Seagram's con tónica.

A las doce de la noche ya íbamos más que *tinkiwinki*, pero eso no nos frenó para ponernos a hacer chocolate a la taza e hincarnos todo el roscón, a pesar de que Rup lloró para que le dejáramos un trozo para el desayuno.

Me fui a la cama a la una, no sin antes subir una foto de yo monísima en pijama con la carita lavada. Ni cinco minutos después, mi queridísimo Leo ya la había visto.

Me metí en el lecho y las ganas de escribirle otra vez se antojaban irrefrenables, pero a veces una saca amor propio de donde no hay y me contuve. Recuerdo cerrar los ojos pensando que había sido un día guay, que en realidad no le necesitaba para nada y que mi vida en Madrid estaba más que completa. Karma no necesita a ningún hombre para ser la puta ama del cotarro.

En cuanto abrí el ojo a la mañana siguiente, lo primero que hice fue mirar el móvil (puta ama del cotarro pero poco) sabiendo que no habría nada especial en la pantalla.

Me equivoqué.

36

Luego las que estamos mal de la azotea somos nosotras

Me incorporé en la cama de un salto, tenía ONCE mensajes suyos en Instagram, me había contestado a casi todas las historias y luego me había escrito mensajes sueltos. Todos iban de las tres de la madrugada a las tres y cuarto, intuí que iba bastante pedo porque algunos venían con falta de ortografía de regalo.

Me estás volviendo loco.

Ojalá algún dia seps lo guapa q erssss.

Eso lo tendremos que probar juntos no?????

Quiero verte.

Vente a mi casa.

Voy a la tuya.

Por que no cntestas.

Techo de mens.

Nse que me has echhhhho.

Creo q tengo miedo.

Soy un gilipollas.

Un gilipollas era, definitivamente. Pero la sonrisota que se me puso en la cara al imaginarle ver mis historias pedo y escribiéndome tremendos poemas dignos de Gustavo Adolfo Bécquer... era *pa'* verla.

37

Definitivamente, este hombre está fatal

Me da a mí que alguien se pasó bebiendo anoche... JAJAJAJAJA.

¿No pensaba comentarle nada de lo loca que me volví y pensaba fingir que todo estaba en orden? Definitivamente. ¿Mal por mi parte? Puede ser. Pero todo el mundo tiene sus defectillos, ¿no?

Me contestó dos horas después.

No me puedo creer que te escribiera eso, soy lo peor.

A mí me parece precioso.

Uy, sí, seguro que nunca te han dicho cosas tan bonitas.

Lo de «Ojalá algún dia seps lo guapa q erssss» me tocó la patata, no te lo voy a negar.

Lo pienso de verdad.

Seguro...

Los borrachos nunca mienten.

Ah, ¿que ibas borracho?

Karma, no me vaciles,
que tengo resaca.

Es el precio que pagar
por hacer el mal.

Mi familia es lo peor, menudo pedo
más tonto.

¿Te regalaron algo?

Hombre, claro, ¿no ves que me he
portado genial?

¿Tú? ¿Genial? ¡Ja!

Soy un chico diez, ya lo sabes.

La persona más humilde
que conozco.

Humildad es mi segundo apellido.

¿Y cuál es el primero?

Perfección.

Qué apellido tan interesante.

Lo sé, no puedo dejar de ser un hombre repleto de misterio.

Misterio el que te bebiste anoche.

Uf... No me lo recuerdes.

Nada, hoy a recuperarse.

¿Me echas una mano con eso?

¿Con recuperarte?

Por favor.

¿Y cómo quieres que haga eso?

Viniendo a casa a cuidarme.

¿A casa de tus padres? ¿Estás loco?

JAJAJAJAJA. No, mujer, a la mía. Pretendo coger el coche en breve, ¿quieres que pase a por ti?

Claro, te mando *ubi*, voy a la ducha.

Mmmmm..., ducha, qué rica.

¿La ducha o yo?

Claramente tú.

Anda, zalamero, avísame cuando te queden cinco minutos.

Será todo un placer.

38

Con lo fácil que es no hablar las cosas, ¿verdad?

La cara de Roberto cuando me vio salir de la ducha cantando Bad Bunny como si fuera el día más feliz de mi vida era para enmarcar, sinceramente.

—¿Se puede saber por qué estás de tan buen humor?

—Viene Leo a buscarme en breve.

—¿Perdón? ¿Habéis hablado?

—Sí.

—¿Y qué le pasaba?

—Ah, no lo sé.

—Pero ¿no me has dicho que habéis hablado?

—Sí, hemos hablado, pero no de qué le pasaba.

—Ah, pues de puta madre, Karma. Así me gusta, relaciones maduras y adultas. Qué orgulloso estoy de ti.

—No me jodas el día.

—No te jodas la existencia.

—Qué exagerado eres.

—¡¿Exagerado yo?! Por el amor de Dios, si ayer estabas llorando que parecías la protagonista de *Los miserables*, valiente zorra, y hoy te me levantas que pareces la Cenicienta, te faltan cuatro ratas haciéndote la cama mientras cantas.

—¿Qué pasa? ¿No puedo estar feliz?

—Puedes, pero no después de pasarte un día y medio en la mierda. Ese chaval no puede tener tanto poder sobre ti.

—Pero ¿qué poder? ¿Qué dices? Ayer estuve genial y hoy me he despertado ya contenta.

—No te lo crees ni tú.

—Ay, Roberto, de verdad, déjame en paz.

—Dile que suba.

—¿Qué?

—Que suba, ¿no has dicho que viene a recogerte?

—Sí, ¿y?

—Pues que suba un momento y me lo presentas.

—Ni de coña.

—Ni de coña, ¿por qué? Soy tu mejor amigo, ¿qué hay de malo?

—Tú eres lo que hay de malo, que nos conocemos.

—No le voy a decir nada.

—Me la suda, ni de coña.

—Vas a acabar fatal, Karma María, y lo peor es que lo sabes.

—No seas mi madre.

—Me obligas.

—Yo no te toco.

—Levanta las manos y disfruta, que se viene la caída.

—Amargado.

—Niñata.

Que nadie se asuste, nos hablamos así casi siempre. Bueno, casi siempre no, pero nos encanta un drama y sacar las cosas de quicio. Cuando volví a casa todo estaba igual que antes. Nosotros somos así.

Salí de la ducha y me puse un conjunto de encaje blanco monísimo que tenía sin estrenar, un pantalón de chándal y una sudadera de *El señor de los anillos* que lleva en mi vida desde que llegué a Madrid. Me la compré el primer día que pisé el Rastro y me ha acompañado desde entonces. Está en la mugre más absoluta, pero es mi segunda piel y la amo con mi vida entera. Me avisó a cinco minutos de llegar, bajé corriendo como si fuera la mañana de Reyes... Ah, no, espera, que literalmente lo era y el mejor regalo lo tenía yo. Me lo encontré apoyado en la puerta del pasajero y se me derritió el corazón muy fuerte cuando le vi sonreír.

Me acerqué a él para saludarle, pretendía darle dos besos porque no sabía cómo estaban las cosas. Me cogió la cabeza con las dos manos y me dio un beso que me dejó sin aliento.

Os prometo que soy incapaz de describirlo, ese beso me lo dio él a mí, no yo a él. Era desesperado, ansioso, necesitado. No sé explicarlo, pero me embargó de emociones fuertes que a día de hoy aún me cuesta identificar. Era un niño pequeño pidiendo fuerte que le quisieran a través de un morreo repleto de babas en mitad de la calle, si es que eso tiene algún sentido.

Nos montamos en el coche y fue todo como si nada, como si no nos hubiéramos tirado sin hablar más de un día.

—¿Qué te han regalado entonces?

—Pues una taza de *Harry Potter* que si le echas leche caliente sale el Mapa del Merodeador, un par de sudaderas, unos vaqueros, dos juegos de mesa y un póster de *El señor de los anillos*.

—Mi sudadera es de *El señor de los anillos.*

—Ya la he visto. Me encanta..., bueno, cualquier cosa que te pongas tú encima me encanta.

—¿Estás bien?

—Sí, claro.

—Pero ¿pasa algo?

—No, qué va. ¿Por?

—No sé.

—Pues cuéntame, ¿qué te regalaron a ti?

—A mí solo una cosa, yo no me he portado tan bien.

—¿Y qué cosa es?

—¿Para qué me preguntas si ya lo sabes?

—¿Lo has probado?

—Aún no.

—¿Y tienes ganas?

—Muchísimas.

—¿Me cuentas cómo lo usarías?

—Pues mira, lo primero que haría sería mirar una foto tuya, para ponerme cachonda.

—*Aham...*

—Después chuparía la parte que es para la penetración y me lo metería por dentro de las bragas.

—¿No sería mejor quitarte las bragas?

—Puede ser, de hecho, sí, estaría completamente desnuda en la cama.

—¿Y qué más?

—Pues después de chuparlo pensando que eres tú, empezaría a pasearlo por mi cuerpo, despacio, sin prisa. —El tono jocoso de la conversación giró intempestivamente en otra dirección muy distinta—. Encendería la vibración a la velocidad mínima y lo pasaría por mis pezones, para que se pusieran duros. Y poco a poco lo bajaría, hasta llegar aquí. —Con la mano empecé a rozarme por encima del pantalón.

—Me estás poniendo muy cachondo, Karma..., tócate.

—¿Cómo? ¿Así? —Y me toqué, me toqué por dentro del pantalón y por encima de las bragas, empecé a trazar círculos con el dedo índice y el corazón sobre mi clítoris. No sé en qué momento llegamos a ese punto, pero estaba ardiendo ya.

—Justo así, pero sigue contándome... Tienes el juguete vibrando por encima de tu coño, ¿qué más?

—Lo volvería a chupar —me chupé los dedos y los bajé de nuevo, pero esta vez ya por dentro de las bragas— y lo acercaría a mi entrada para ver cómo está de mojada, y me daría cuenta de que estoy empapada.

—No dejes de tocarte.

—No lo hago... Uf..., creo que me voy a correr.

—Todavía no, acabamos de empezar.

—Pero estoy muy cachonda.

—Aguanta, pequitas, aguanta.

—Después me metería el juguete dentro, mientras vibra. Lo metería y lo sacaría despacio, pensando que es tu polla. —Lo vi mirar la carretera superserio, tenso. Eso me puso más cachonda todavía, así que aumenté la velocidad de mis dedos, los dos dentro de mí, entrando y saliendo—. Después lo dejaría dentro mientras enciendo la parte del succionador que justo está en mi clítoris. —Con la otra mano empecé a acariciarme el clítoris, abierta de piernas, con ambos pies sobre el asiento del coche—. Empezaría a darle más velocidad a ambos motores mientras sigo pensando que son tus dedos, que eres tú el que está dentro de mí.

Justo llegamos a un semáforo en rojo y se giró para mirarme, yo creía que me iba a tocar, pero nada más lejos de la realidad.

—Córrete para mí. —Lo dijo con esa voz tan suya que le salía cuando estaba cachondo: grave, animal, demandante.

—¿Ahora?

—Ahora.

Solo pude obedecerle.

39

Lo poderosa que se siente una, ¿eh?

No sabía quién era la mujer que estaba sentada en ese coche, pero definitivamente Karma no era. ¿Me tendría que cambiar de nombre otra vez?

Pero me gustaba, me gustaba muchísimo. Me gustaba porque era segura, porque jugaba, porque se gustaba, porque tenía poder y se sentía poderosa. La Reina del Martes Santo era yo mientras el coche de Leo se deslizaba por las calles de Madrid.

—¿Te ha gustado?

—No sé qué voy a hacer contigo, Karma, me vuelves loco de verdad.

—¿Por qué?

—¿Cómo que por qué? Superas todas las expectativas, y mira que las tenía por las nubes.

—¿No me creías capaz de algo así?

—Ni de broma.

—Si te soy sincera, yo tampoco me creía capaz de masturbarme mientras recorría Madrid con un señor conduciendo a mi lado.

Nos reímos los dos a mandíbula batiente.

—Me haces muy feliz, aunque me hayas llamado señor.

—Usted a mí también, caballero.

—Mucho mejor.

Llegamos a su casa y aparcó. Todo lo que quedaba de trayecto entre su piso y el mío lo pasamos en silencio, pero del cómodo, del bonito, del que suena la música y te acaricia en cada semáforo, en cada cambio de marcha, en cada oportunidad.

Cuando entramos no había nadie en casa, era el día de Reyes y sus compis lo estaban pasando con la familia, así que nos quedamos en el salón. Decidimos que era un día maravilloso para hacernos un maratón de películas de Harry Potter y nada se me podía antojar más perfecto.

Pedimos hamburguesas del Goiko para que nos las trajeran a domicilio, vimos *La piedra filosofal* y durante *La cámara secreta* nos quedamos durmiendo. Yo estaba sentada y él tenía la cabeza sobre mis piernas. Me dediqué a acariciarle la cara durante más de media hora y paré porque me sobé, pero podría haber seguido infinitamente.

Cuando me despertó lo hizo chupándome un pezón, yo me medio retorcí en el sofá y, como siempre, mi cuerpo respondió a sus caricias. Nos besamos despacio, bonito, sin prisa, beso de tarde de domingo, si es que eso existe. La cosa se empezó a calentar y, antes de que no se pudiera echar marcha atrás, hice de tripas corazón para parar y tener la conversación que nos debíamos.

Yo no sé tener conversaciones serias, no me gusta nada hablar las cosas cuando no sé si estoy preparada para oír lo que la otra persona tiene que decirme, soy experta en evadir problemas y hacer como que no pasa nada. Pero con

Leo no, con Leo quería hacer las cosas bien y, por mucho que me jodiera, sabía de sobra que Roberto tenía razón; casi siempre la tiene, el muy asqueroso.

—Oye, frena un momento, ¿no crees que deberíamos hablar?

—¿Hablar de qué? —Lo dijo sin prestarme demasiada atención, definitivamente mis muslos le estaban pareciendo más interesantes que mis palabras.

—De por qué has estado más de un día sin hablarme.

—No ha llegado al día.

—Lo he pasado muy mal, Leo, quiero entender qué ha ocurrido.

—¿En serio? —Y ahí paró, dejó de acariciarme con las manos, con los labios y con los ojos, se apartó un poco y se sentó con las piernas cruzadas en el sofá.

Claro que en serio..., no entendía absolutamente nada.

—Pero si ha sido nada de tiempo.

—Ha sido nada, pero desde que nos conocemos nunca hemos estado tanto tiempo sin hablar sin que venga a cuento... Desde que salimos del restaurante chino noté que algo te pasaba. Que si no es nada, pues tú me lo dices y yo me olvido, pero me gustaría que fueses sincero.

—Pfff...

—No, pfff, no. Que para mí tampoco es agradable esto, pero si queremos hacer las cosas bien tenemos que hablar.

—No quiero asustarte.

—No me vas a asustar.

—¿Me prometes que no me vas a juzgar?

—Pero ¿estamos tontos o qué?

—¿Seguro que no quieres ver *El prisionero de Azkaban*?

—Leo, porfa, no lo hagas más difícil de lo que ya es.

—No me gusta hablar de estas cosas.

—Pero ¿qué cosas? Es que no sé ni de qué tenemos que hablar.

—Pues de mis movidas.

—O sea, que había movida.

—Claro que había movida, pero me siento gilipollas y vas a pensar que soy un gilipollas, porque básicamente es lo que soy.

—¿Me puedes dejar a mí decidir qué es lo que yo pienso de ti?

—No quiero que me juzgues.

—¿Puedes dejar de pensar así de mí? Estoy empezando a enfadarme.

—Pero ¿por qué te vas a enfadar?

—Pues porque no confías en mí. Yo te cuento todas las mierdas que me pasan y tú a mí no me cuentas nada porque, según tú, voy a pensar que eres gilipollas.

—Es que lo que me ha pasado nunca antes me había pasado y no lo entiendo ni yo, por eso no te lo quiero contar.

—Leo, de verdad, si no quieres no hablamos, pero deja de dar vueltas.

—Estoy celoso. —Me lo dijo sin mirarme a los ojos, se giró hacia delante y lo soltó en voz baja.

—¿Perdona?

—Ya me has oído.

—Pero ¿celoso de qué?

—Celoso de Juanjo.

Me reí, me reí porque no podía hacer otra cosa, me reí pero en plan mucho, me descojoné fuerte, me dio un ataque de risa, vaya. Paré cuando vi que él estaba superserio.

—Leo, ¿me lo estás diciendo de verdad?

—Sabía que no te lo tenía que contar.

—Que no, que no. Que agradezco que me lo cuentes, pero no entiendo nada.

—Yo sí que no entiendo nada. Tuve novia durante cinco años y no me puse celoso ni una milésima de segundo absolutamente por nada, y llegas tú, te conozco de una mierda y se despierta un dragón dentro de mí. No me gusta, no me gusta eso de mí, porque no es mío. Yo no soy así, yo no soy un tío celoso, a mí me la suda. Yo quiero que hagas lo que te salga de la punta de la pepitilla, si estás conmigo es porque tú quieres, no porque yo te obligo.

—Pero por supuesto... Lo que no entiendo es que te sientas así conmigo, y mucho menos por Juanjo.

—Me dijiste que le querías.

—Hombre, claro que le quiero, pero le quiero en plan persona importante que ha pasado por mi vida, no le quiero en plan pareja. Si ya te dije que he sentido más por ti en el poco tiempo que te conozco que por él en año y medio.

—Pero sigue enamorado de ti.

—Eso no lo sabemos.

—Me lo dijiste tú.

—No, te dije que nuestra amiga en común decía que aún sentía cosas por mí. De ahí a que esté enamorado es otra movida.

—Lo mismo es.

—No lo es, pero que de todas maneras me da igual, no me importa nada lo que Juanjo pueda o no sentir por mí, aquí estamos hablando de nosotros.

—Lo sé, pero no puedo evitar imaginarme que quedáis para que le devuelvas las cosas, te des cuenta de que es mejor que yo y me dejes.

—Leo..., estoy flipando muchísimo... Si alguien deja esta relación algún día, créeme que no voy a ser yo.

—Ya..., seguro, en cuanto te des cuenta de que soy imbécil sales de aquí volando.

—Ay, Señor, no me estoy creyendo nada de lo que está pasando.

—Yo menos.

—¿Y qué ha cambiado? ¿Por qué de repente me vuelves a escribir y todo está bien?

—Por mi hermana.

—¿Nieves?

—La misma.

—¿Qué le pasa?

—Pues que anoche me puse pedo, estaba hecho una mierda mirando el móvil, me preguntó qué pasaba y se lo conté todo.

—¿Le has hablado a tu hermana de mí?

—Perdón.

—¿Qué coño perdón? Estoy *living*.

—¿En plan bien o en plan mal?

—En plan muy bien. Yo le he hablado de ti a todo mi pueblo.

—¿En serio?

—Pero claro que en serio, que me gustas de verdad, Leo, yo ya no sé cómo decírtelo.

—Me cuesta creérmelo.

—Pues a mí me pasa lo mismo. Es que no me entra en la cabeza que un tío como tú esté así por una tía como yo.

—De verdad, paso de ti. A ver cuándo te das cuenta de lo puta ama que eres.

—Lo mismo digo.

—Pues eso.

—Pues eso.

Nos quedamos callados unos segundos y no pude no preguntar.

—Bueno..., ¿y qué te dijo Nieves?

—Que era un gilipollas, que si me gustabas de verdad que no te dejara escapar y que no me rayara por subnormalidades, que te dijera cómo me sentía y que te la presentara.

—¿Me la vas a presentar?

—¿La quieres conocer?

—Hombre, claro, es una persona muy importante para ti.

—La más importante.

—¿Y no pensabas contarme lo que te pasaba?

—Pues quería, pero a mí me da mucha vergüenza lo de hablar de sentimientos y eso... Aunque te dé la impresión contraria, pues me cuesta, pero de toda la vida, vaya. Que he ido a terapia y que sé que soy musicoterapeuta, pero bueno, en casa de herrero...

—Ya, cuchillo de palo.

—Perdón.

—Qué pesado, no pidas perdón por sentir. ¿Qué quieres que haga con Juanjo? ¿Quieres que le devuelva las cosas Roberto?

—No, quiero que lo hagas tú. No te voy a prohibir ver a nadie.

—Más cien puntos para Ravenclaw.

—No seas imbécil, que lo estoy pasando fatal.

—Leo, jamás he sentido por nadie lo que estoy sintiendo por ti. Me gustas y me gustas de verdad. No solo me gustas tú, me gusta quién soy contigo. Me vuelve loca ver tu nombre en la pantalla de mi móvil, me flipa cómo me tocas, me alucina cómo me escuchas y me maravilla cuando me hablas. Juanjo fue una persona importante en mi vida, pero ahora no está en ella, ahora estás tú y estás ocupando todo el espacio disponible. Desde hace mucho tiempo siento que mi vida es una mierda, que no valgo para nada, que no puedo ser más que una teleoperadora que tiene una vida de amargada, que soy una mediocre, un intento de. Pero has llegado tú para demostrarme que no, que puedo ser la protagonista de mi propia película, que podría escribir un libro entero sobre ti, sobre nosotros, sobre cómo era yo cuando apareciste tú. Quiero que estés tranquilo, que confíes en mí, no te voy a hacer daño, o al menos no lo haré a conciencia. ¿Qué necesitas que te diga para que estés tranquilo?

—No lo sé.

—Sí lo sabes.

—Me da vergüenza, parezco del siglo pasado.

—Suéltalo.

—¿Quieres ser mi novia? No mi novia en plan mañana cenas con mis padres... No necesito que tengas etiqueta ni nombre ni nada, que nos acabamos de conocer..., pero..., pero ¿podemos cerrar la relación?

—Para mí esto está cerrado como un búnker desde el día que hicimos *match*.

—¿No estás hablando con nadie más?

—Por supuesto que no. Pero, de verdad, ¿con quién te crees que estás?

—Con una persona que vale muchísimo.

—Vale, lo que tú digas, ¿exclusividad entonces?

—Exclusividad.

Y así, queridas mías, fue cómo formalizamos una relación. Con menos de quince días a través de las pantallas, únicamente cinco de forma física.

¿Que si corrimos? Volamos. Y ahí estuvo nuestro error.

40

Karma y sus movidas más allá de Leo

Me estoy dando cuenta de que este libro está girando todo en torno a él, a nosotros, a nuestra relación, y me parece maravilloso porque es lo que he venido a contar aquí, pero conforme avanzo me percato de que no, de que yo soy más, yo soy muchísimo más.

Aunque haga años desde que pasó por mi vida, todavía duele saber que pudo ser y no fue, porque realmente creía que estábamos hechos para estar el uno con el otro.

Pero yo soy más, yo soy mucho más, yo soy la historia de mi vida. Él fue importante, pero a fin de cuentas siempre he sido yo quien me ha salvado en todas las ocasiones. De él, de los demás y de mí misma.

En aquella época yo... yo no era yo, era una amalgama desdibujada de quien podría llegar a ser. El trabajo me estaba matando poco a poco, la frustración me estaba comiendo por dentro, vivir pegada a un auricular cuarenta horas a la semana me estaba haciendo realmente infeliz.

Yo soy artista, yo era artista, yo siempre he sido artista. Pero ahí no lo podía ver, ahí no era capaz de vislumbrarme, ahí se me habían agotado las pilas de la cultura y me había comido la rutina por dentro.

Lo de tener un trabajo fijo desde los veintiséis años era demasiado bonito para ser cierto, el hecho de saber que jamás faltaría una transferencia mensual a mi cuenta bancaria que me permitiera vivir independiente de mis padres pesaba demasiado, pero a pesar de todo yo no era feliz. Yo no era nada feliz.

Qué lástima no haber sido lo bastante valiente para reconocérmelo, para tomar cartas en el asunto, para mandar a la luna el auricular y empezar la vida que me merecía.

Empecé a creer que no era suficiente, me sentía mediocre, me sentía vacía. Cada día era lo mismo. Despertarme casi a mediodía, comer lo que fuera, pasarme toda la tarde trabajando de lunes a sábado, llegar a las once pasadas a casa, cenar cualquier cosa y, si eso, encender el ordenador para meterme a jugar hasta las tantas de la madrugada y repetir en bucle la operación.

Dejar de salir porque todo el mundo iba al cine por las tardes, todo el mundo bebía cervezas de tarde, toda la vida social de las personas que estaban en mi círculo se hacía por la tarde. Si intentaba acoplarme a cualquier plan al salir del curro, sentía que no encajaba, ya estaban instaladas las bromas internas, el tono de la conversación, ya se había contado todo y llegaba yo cuatro horas más tarde muerta de hastío a sentarme en una silla y callarme.

Miento. No me callaba del todo porque entonces levantaba sospechas. Me preguntaban si me pasaba algo y tocaba mentir, meterse en la rueda del hámster, tener que disimular que todo estaba de puta madre, porque ¿qué podía ir mal? No había nada mal en mi vida: tenía un piso monísimo con mi mejor amigo, un curro fijo y una jefa muy decente. ¿Con qué cara me iba a plantar delante de mis amigos a decir que me sentía vacía, que creía que mi conversación ya no era interesante, que había dejado de ser graciosa y eso me mataba por dentro?

Qué mal lo pasé con esa puta tontería. Lo de ser graciosa... Yo siempre he sido el centro de atención, en cada grupo en el que he estado, mi única época turbia fue cuando Damián estuvo en mi vida y nada más salir de ella, pero ¿antes y después? Soy una mujer de masas, me encantan los focos, me flipa la atención, me da la vida sentirme querida.

Todo lo conseguía a través de ser la simpática, la graciosa, la que cuenta las historias más divertidas, y de repente vi cómo ese atributo se me arrebataba, cómo mi personalidad decrecía, cómo llegué al punto de decir: «ya no sé ser yo».

Y en medio de todo eso apareció él, apareció él para recordarme quién era yo, para repetirme incansablemente lo pedazo de mujer que era, lo increíble que era estar a mi lado, lo afortunado que se sentía porque yo, de entre todos los hombres, lo había escogido a él.

¿Cómo no enamorarse? ¿Cómo no dar de ti hasta lo que no tienes? ¿Cómo no acabar en su casa cada día de la semana a las once de la noche por cansada que estés? ¿Cómo no caer al vacío con las manos levantadas como si fuera una montaña rusa? ¿Cómo no me fijé en el pequeño detalle de no llevar el cinturón de seguridad puesto?

Menos mal que siempre me he tenido a mí misma a

pesar de todo, menos mal que tengo unos amigos que no me los creo ni yo, menos mal que existe la terapia, menos mal que el amor romántico, aunque este libro os pueda indicar lo contrario, no es la solución definitiva a los males de nadie.

41

Eh, socorro, que me quiere presentar a sus amigos

Me pilló de susto y me morí del amor a partes iguales: tenía novio oficialmente, muy fuerte todo.

Justo después de cerrar la relación de manera oficial, lo hicimos fuerte y lento, como la canción de Mastodonte, que tenéis que escuchar ya mismo si nunca lo habéis hecho. (No, os lo digo en serio, abrid ahora mismo la aplicación en la que sea que escucháis música y buscáis: «Mastodonte, *Fuerte y lento*»; si no os apetece ahora mismo porque estáis enganchadísimas a esta lectura de calidad y no podéis parar, lo hacéis cuando cerréis el libro, pero la buscáis YA.)

Después nos pusimos *El prisionero de Azkaban*, nos hicimos unas palomitas y estuvimos todo lo que quedó de día de Reyes entre manitas, caricias y escenas de Hogwarts. Cuando quitamos la saga porque pensamos que ya era empacho suficiente por un día, decidimos que era buen momento para salir de esa casa y pisar un poco la calle, el aire fresco no le sentaría mal a ninguno de los dos y eran pasadas las diez, o sea, que no habría casi nadie recorriendo el invierno de Madrid.

Caminamos durante más de una hora, la distancia que

había de su casa a la mía, vaya. Él al día siguiente empezaba las clases y yo continuaba con mi curro, es decir, nos dimos cuenta de que ya no nos podríamos ver todo lo que nos diera la gana. Qué poco duran las cosas buenas en la vida (y el tonto que se inventó eso de «bueno, si breve, dos veces bueno» que se pase por mi casa, que le voy a partir las piernas).

—Jo, ya no nos vamos a volver a ver nunca más en toda nuestra existencia.

—Creo que eres la persona más exagerada que conozco.

—Te lo digo en serio, entras a trabajar supertemprano, antes de que tú salgas ya he entrado yo, y yo acabo supertarde.

—Si queremos, sacamos tiempo, aunque sean cinco minutos.

—Ay, eso siempre lo pone la gente en Twitter...

—¿El qué?

—Es como un meme, que dice que si alguien te dice «¿Solo para cinco minutos?», ahí no es, y si te dice «Aunque solo sean cinco minutos» es que ahí sí es.

—Hombre, es que aquí sí es —y se señaló el pechito.

—Me estoy dando cuenta, *novio*.

—Eh, eh, eh, no me agobies, que hemos dicho que sin etiquetas.

—Ya, ya... No he sido yo la que ha pedido cerrar la relación...

—Karma, no me toques los cojones, ¿eh?

—¿Por qué no? Me encantan.

—Los cojones figurativos.

—Me encantan también.

—No puedo contigo, ¿eh?

—¿Entonces ya te veré el domingo que viene?

—Nos veremos antes seguro, y el domingo que viene tengo plan con los coleguis.

—¿Qué coleguis?

—Los de Getafe. —Él y sus padres son de allí.

—¿Te vas para allá?

—No, no, vienen ellos al centro.

—Eso es nuevo.

—Cierto, vienen más bien poco, pero es que tenemos planazo.

—¿Qué planazo?

—Vamos a hacer un *escape room* de *Star Wars*.

—¿Me estás vacilando?

—¿Por qué te voy a estar vacilando con una tontería así? —dijo riéndose, asumo que por mi cara de niña pequeña emocionada.

—Me muero de envidia.

—Vente.

—¿Que vaya adónde?

—Al *escape*, los chavales te van a caer genial.

—Pero ¿qué dices? ¿Cómo voy a conocer a tus amigos de toda la vida?

—Eh..., Karmita, que no muerden.

—Me muero de vergüenza.

—¿Vas a decir que no a un *escape room* de *Star Wars* por vergüenza?

—No, ¿no?

—¡Claro que no! Además, también viene la novia de Germán, que yo creo que vais a hacer muy buenas migas seguro.

—¿Y a ellos les parecerá bien?

—Vamos a comprobarlo.

Se sacó el móvil, lo desbloqueó, abrió WhatsApp, entró a lo que supongo que era el grupo en el que estaba él con todos sus colegas y grabó un audio:

►Chavales, que para lo del domingo me llevo a una más, ¿vale? Ger, creo que eras tú el que había hablado con el chico del *escape*..., pregúntale si habría algún problema. ¿A alguien le importa?

Supongo que como eran las once de la noche de un domingo todos estaban con el móvil en la mano. Me enseñó la conversación:

Ger: Sin problema, mañana llamo!!!

Alberto: Has dicho «una más», en femenino???

Ana: Quién es la afortunada???

Álex: Chavales, no os rayéis, seguro que es alguna de su clase. El Leo no moja el churro ni queriendo.

—Suficiente —dijo mientras me quitaba el móvil de las manos.

—Conque Leo no moja... Déjame mandar un audio.

—Ni de coña.

—¿Por qué no? Voy a defender tu honor.

—Tranquila, Daenerys, el gilipollas de Álex no me hiere honor alguno.

—Así que follas poco, ¿eh?...

—Más que tú seguro.

—¡EH! ¡GOLPE BAJO!

—Me lo has puesto a huevo.

—Eres un desgraciado.

—Pero por lo menos me he follado a más de dos personas en mi vida...

—¡Llevo tres! Aunque como te pongas chulo te quito de la lista.

—Pues me falta conocer la historia de uno.

—Hoy no va a ser el día, que luego te me pones celoso y a la próxima ya me toca casarme contigo.

—GOLPE BAJO.

—Me lo has puesto a huevo.

42

Negaré haber escrito esto, pero Roberto (casi) siempre tiene razón

—Bueeeeeeeno..., por fin se digna aparecer la princesa prometida...

Entré en casa después de que me dejara Leo en el portal, con su palabra de que nos veríamos pronto, un beso digno de *Pearl Harbor* y la seguridad de que sacaríamos algún hueco antes del domingo.

Me encontré a Roberto en el sofá, con un poleo menta en la mano, la manta más gorda puesta por encima, y quise pasar por alto el hecho de que estaba viendo sin mí un episodio de *RuPaul*.

—Que sepas que he hablado con él, listo.

—No me lo digas como si lo hubieras hecho por mí, guapa.

—Es para que duermas tranquilo esta noche.

—Yo duermo tranquilísimo: si te la pegas, te la pegas tú.

—No seas agorero.

—No lo soy, soy observador.

—¿Y qué observas?

—Observo que en menos de una semana has reducido toda tu vida social a un señor al que apenas conoces.

—Llevamos hablando más de una semana, Rup, y en el roscón estuve con vosotros.

—Porque él no estaba por la labor... Si no, te habrías ido también con él, y lo sabes.

Me quedé callada porque tenía razón; de hecho, hasta le había propuesto plan, pero me dijo que no podía porque tenía que pasar el día con sus padres. Me quedé pensando unos segundos y luego volví a la carga.

—Pero ¿qué quieres que haga? Si es que me apetece estar con él.

—Si a mí me parece maravilloso, pero hay vida más allá y, como te centres solo en él, te olvidarás de ti.

—No voy a hacer eso.

—Ya lo estás haciendo.

—¿Por qué dices eso?

—Porque te veo y te conozco.

—¿He cambiado?

—Hombre, claro, tu estado de ánimo depende cien por cien de él. Si lo ves y la cosa va bien, eres histéricamente feliz y, si él no está a tope, eres un despojo humano. Claro, eso cuando te dignas aparecer...

—Roberto, ¿estás celoso?

—Bueno, lo que me faltaba. —Se levantó del sofá en plan diva, con la manta puesta como capa.

—Te lo digo en serio, no entiendo por qué te lo estás tomando como algo personal. Tengo derecho también a vivir mi historia de amor, ¿no?

—Sí, por supuesto que sí, pero yo también tengo derecho a decirle a mi mejor amiga que ella vale mucho más que un rollete de Navidad.

—¿Quién ha dicho que yo valga menos?

—Desde que estás con él dudas todo el rato de ti, te preguntas constantemente si estás a la altura, te maquillas más que nunca, te veo salir de casa superarreglada..., cosa que me encanta, yo siempre estoy a favor de ser una *fashion victim*, pero es que esa no es Karma.

—Por Dios, Roberto, que hoy voy en chándal.

—¿Qué hay debajo del chándal?

—Pues un conjunto de lencería... Si quieres me pongo la bragafaja de mi abuela.

—Es lo que usas siempre.

—Pero no cuando voy a follar, por Dios santo.

—Mira, no me quiero pelear contigo. Sabes que estoy aquí para ti, te echo muchísimo de menos y no me gusta la Karma que estoy viendo. Ya está.

—Eres un dramático.

—Me jode verte cambiar por un gilipollas que no vale dos duros.

—No he cambiado, y es muy buen tío.

—Cuéntame más... Mira, no, mejor no me cuentes nada. Me voy a dormir.

—Pero si son las once de la noche.

—¿Y qué quieres que haga? ¿Nos ponemos una película juntos para que estés hablando con él por WhatsApp?

—Eso no ha pasado jamás.

—Porque nunca estás, pero si estuvieras es lo que pasaría, y lo sabes.

—Roberto, por Dios, que llegué el día 2 y estamos a 6.

—¿Y desde entonces cuántas horas has pasado con él y cuántas con tus amigos?

—Uf, de verdad, paso... Me voy a dormir yo también.

—Eso, descansa.

—Pues sí, voy a descansar.

—Que te aproveche.

—Me aprovechará, gracias.

—Que te den.

—Que te den a ti.

Lo de tener la última palabra es algo que debemos mirarnos seriamente.

Me encerré en mi habitación enfadadísima, supongo que porque de sobra sabía que en parte tenía razón, pero también tenía claro que no se lo iba a reconocer a él y que, muchísimo menos, me lo iba a reconocer a mí misma. ¿Comportamiento evitativo? Puede ser, pero una no siempre está dispuesta a enfrentar sus movidas a la primera de cambio.

Me sentí bastante mal por Roberto, eso sí. De normal estamos todo el día como lapas y tenía razón, había dejado de dedicarle tiempo de calidad, nosotros siempre pasábamos las noches juntos viendo cualquier serie o *reality* y, desde que había aparecido Leo, eso no había sucedido ni una sola vez. Pero bueno, sin necesidad de justificarme, también os digo que solo habían pasado CINCO días. Roberto es un dramático.

Fui a mi escritorio, cogí un pósit y le puse una nota como cuando éramos pequeños en el colegio.

¿Mañana quieres desayunar conmigo?

No

Sí

Se la pasé por debajo de la puerta, sabía que estaba dentro leyendo algún libro porque veía la luz salir por la rendija. Le di dos toques y oí cómo se levantaba y la cogía, iba a su escritorio y volvía de nuevo. Añadió una tercera opción:

Solo si invitas tú

La cogí, sonreí y le grité a través de la puerta:

—Te quiero mucho, idiota.

—Yo a ti no tanto. ¿Vamos mañana al Verde? —Nuestra cafetería de confianza, no se llama así, pero tiene la fachada verde y con ese nombre se ha quedado.

—¿A qué hora entras a trabajar?

—A las diez tengo que estar allí.

—¿Me vas a hacer madrugar encima?

—No me toques las palmas, que aún salgo y te parto la cara.

—¿Quedamos a las nueve en el salón?

—A menos cuarto, que luego tengo que comer deprisa y lo odio.

43

Desayuno con diamantes

Los diamantes somos mi mejor amigo y yo, claramente. Cómo de fuerte es, ¿no? El tema de la amistad, quiero decir. Constantemente nos dedicamos a romantizar las relaciones amorosas, pero qué poco valoramos y ensalzamos las de amistad.

¿Podemos pensar que llevo viviendo diez años con Roberto? ¿Podemos pensar que hemos visto cómo el otro evoluciona durante una década entera? Es que yo empecé siendo una chica muerta de miedo que intentaba superar la relación con su ex, forzada a mudarse a la capital por su psicóloga, y él era un chico hetero, empollón perdido, supercorrecto y con un toque de humor ácido que fue lo que siempre me conquistó el corazón.

Y míranos ahora... Es que es algo tan fuerte, o sea, ya lo quisieran muchos matrimonios, sinceramente. De verdad que creo que uno de los mayores éxitos de mi vida ha sido crecer con otra persona que no es familia, convivir con ella, respetar sus cambios, compartir los míos, cuidarnos, evolucionar juntos y superar cada maldito inconveniente de la mano.

¿Que te quedas sin curro? Nos compramos una cuña de

queso y lloramos juntos. ¿Que tienes una época de mierda llena de estrés? Nos gastamos los veinte euros que no tenemos y los invertimos en una noche en Delirio (discoteca gay de confianza). ¿Que el amor de tu vida no te hace caso? Nos vamos al cine a ver una película que el otro odie porque somos el día y la noche en cuanto a gustos. ¿Que tienes una crisis existencial porque de repente ya no eres hetero nunca más? Pues nos tiramos llorando en el sofá juntos hasta las cuatro y media de la mañana.

Reflexionando ahora sobre nuestra amistad, creo firmemente que una de las cosas que más nos han unido siempre ha sido el comer. Os podrá parecer una chorrada gigantesca, pero es que somos *match* completo y absoluto a la hora de la comida. Nos apetece lo mismo todo el rato, tenemos gustos prácticamente idénticos y siempre sabemos lo que quiere comer el otro. Jamás se me olvidará el día que fuimos al cine de verano con el ex de Rup, fuimos a comprar algo al súper antes de la película, el chaval dijo que quería comprar pipas y nosotros dijimos a la vez: «¡¿Pipas al cine?!», como si fuera un pecado mortal. Acabamos comprándonos un fuet para comérnoslo a bocados porque no teníamos cuchillo... ¡¿Pipas?! Dios nos libre, pero ¿un fuet a mordiscos? Eso claro que sí, tiene todo el sentido del mundo.

Somos lo peor, de verdad que sí. A día de hoy soy la mujer que soy por él, lo tengo transparente, es la voz de mi conciencia, es el ser humano capaz de detectar qué me pasa sin que yo siquiera lo intuya. Cada vez que oigo de su boca un «¿Qué te pasa, Karma?», me cago porque pienso:

«Ale, ya me pasa algo y ni yo lo sé». Pero jamás falla, es increíble.

Los amigos son nuestro salvavidas, entiendo que tenemos que aprender a dejarlos salir igual de bonito que los dejamos entrar, no hay que aferrarse a ninguna relación en nuestra vida. Pero si tenéis un Roberto en la vuestra..., sencillamente no renunciéis a él.

—¿Se puede saber en qué estás pensando tanto?

—En que te quiero muchísimo.

—Ya, seguro.

—No, te lo digo totalmente en serio. Por tu culpa estoy rayada.

—¿Por mi culpa? Madre del amor hermoso, Karma, que aún no nos han traído ni el café.

—Es que anoche me dijiste que me pasaba algo.

—Y te pasa.

—Pero yo no me he dado cuenta.

—Nunca te das cuenta, tienes una capacidad para omitir tus sentimientos que me tiene alucinado desde siempre, hija.

—Pero si ahora mismo está todo bien.

—No, querida, no está todo bien. Estás viviendo algo que siempre has querido vivir, lo estás viviendo con la intensidad de los mares, estás pasando por alto tus prioridades y te estás abandonando ante las necesidades de otra persona. Pero no pasa nada, todos debemos experimentar algo así en la vida.

—Pero es que yo no estoy haciendo las cosas por él, las estoy haciendo porque me apetece a mí hacerlas.

—¿Todo lo que te apetece gira en torno a hacerle a él feliz?

—De eso va el amor, ¿no?

—No, querida, o no solamente. Pero que no pasa nada, no te juzgues, tú vive esto como quieras vivirlo, que sabes que yo soy un metomentodo. No puedo evitar ser un agorero y comerte la oreja cuando algo no me gusta, pero es tu vida y tienes que vivirla a tu manera.

—No me dejas nada tranquila.

—Te lo digo en serio, tengo que aprender a dejar de ser *sincericida*, lo estoy intentando, de verdad... De hecho, cuando le cuente a la psicóloga lo que te dije anoche verás la turra que me cae.

—Es normal que quieras proteger a tus amigos.

—No es normal que quiera imponer mi verdad.

—Pero es que nunca te equivocas.

—Ya, ¿eh? Tengo un sexto sentido de la leche.

—¿Eso es que esto con Leo va a salir mal?

—Eso es que te va a tocar aprender, estés con él o no, pero como estás ahora mismo es inviable.

—¿Puedo disfrutar mientras dure?

—Por favor.

—¿Vas a dejar de juzgarme?

—¿Lo intentaré?

—¿Con todas tus fuerzas?

—Tampoco te pases.

Y llegó la camarera con dos sándwiches de pavo, rúcula y queso brie, café solo para él, con leche vegetal y hielo para mí. Después nos pedimos un cruasán de Nutella a medias, reímos y me contó lo que me había perdido en *RuPaul*. Ojalá algún día alguien haga a este hombre jurado de un programa de televisión, vale oro.

Volví a ser yo misma durante un rato, sin máscaras, sin presiones, sin tener que fingir ser algo que no soy. Con Rup siempre era así. Y qué paz.

44

Abramos la Cámara de los Secretos

¿Hablamos de Damián de una vez por todas? No sé si es el momento, no sé si borraré estos capítulos, no sé si tendré el valor de publicar algo así, no sé si esto debería haberlo escrito al principio, a la mitad o al final, pero siento que lo estoy evitando desde que mis dedos empezaron a bailar con estas teclas, y no puede ser.

Respiro hondo... Vamos allá.

Damián apareció en mi vida cuando yo tenía dieciséis años y muy pocos conocimientos sobre la vida, los hombres, el sexo y cualquier cosa que fuera más allá de *El internado*, las Bratz y el vodka negro con limón.

Damián era un chico de mi pueblo, tenía una familia muy desestructurada, se salió de estudiar con dieciséis años, iba siempre en moto a todas partes, trabajaba para sacar a su madre y a su hermana pequeña adelante. Su padre era un alcohólico maltratador. Consiguieron echarle de casa, pero la vida que les había dejado como herencia pesaba demasiado hasta sin su presencia.

¿Chico traumatizado, con interés claro por las drogas, pinta de malo y con sus ojos gritando «por favor, que alguien venga a salvarme»? Mi tipo, sinceramente.

Bueno, ya he aprendido que no, que los Mario Casas no salen bien; que los Iván de *El internado* son lo más, pero para verlos en el cine; que el chico malote lo único que hace es eso, ser malo.

Igual no por su culpa, será por su educación, por sus circunstancias, por lo que os dé la gana, pero ser Teresa de Calcuta con los hombres es algo que tenemos que dejar de hacer. Suficiente tenemos con salvarnos a nosotras mismas.

Damián tenía veintidós cuando yo tenía dieciséis, Damián tenía mucha calle. Damián tenía los ojos verdes y el pelo rapado. Damián era todo lo que quería una niña buena de dieciséis años que había crecido leyendo y viendo comedias románticas. Damián era Hardin de *After*, Cuatro de *Divergente* y Hache de *Tres metros sobre el cielo*. Y yo me quería sentir la protagonista de mi propia película. *Spoiler*: no salió bien.

Yo era la adolescente a la que ningún chico quería, en la que ningún chico se fijaba, la que llegaba a su habitación cada noche y lloraba mientras se preguntaba: «¿Qué hay mal en mí? ¿Qué me falta? ¿Qué tienen ellas que no tenga yo?».

«Kilos, querida...», esa era la respuesta, y yo quería negarme a verla. Lo único que me hacía ser diferente era no tener un cuerpo normativo. Qué jodido es pasar por eso.

No encontrar respuestas, no saber qué es lo que haces tan mal, por qué no te ven atractiva, por qué no quieren escucharte, por qué tu discurso vale la mitad, por qué otra chica con un golpe de melena se mete a cuatro en el bolsillo y tú con hora y media de conversación no consigues más que un «eres como mi hermanita pequeña». No quiero ser tu hermana pequeña, Cristian, quiero que me empotres en la lavadora. Pero jamás le dices eso a Cristian, te callas y sonríes, le abrazas y al día siguiente subes una foto con él a Tuenti en la que pones «h3rm@niito0o0o0o». Y cómo duele.

El único chico que me hizo caso de los doce a los veinticuatro fue Damián. Y maldita la hora, sinceramente. Ambos éramos del pueblo, sabíamos que existíamos, pero nunca habíamos hablado. Yo fantaseaba con él, pero era consciente de que era inalcanzable, me conformaba con mirarle de lejos, con verle con su tercio de cerveza en la mano, apoyado en la pared junto a la mesa de billar, siempre serio, menos cuando iba borracho perdido, que se convertía en un *hooligan* con sus colegas.

Pues hubo una noche en que yo no sé qué me pasó, pero siempre le echo la culpa al vodka negro. Me empoderé durante unos segundos, me convertí en la chica que quería ser, me entró la valentía no sé por dónde y, cuando lo vi ir al baño de la discoteca, con todo mi papo fui tras él. Esperé a que saliera del aseo y, cuando le vi abrir la puerta lo abordé, como si no estuviera temblando, como si no me estuviera muriendo de miedo por dentro, como si no me hubiera costado años reunir el valor para pronunciar palabras en su presencia.

—Hola, Damián, me llamo Laura.

—¿Te sabes mi nombre?

—Eh..., sí.

—Pues muy bien.

—Eh, espera. ¿Quieres que te invite a una cerveza?

—¿Te dejan pedir alcohol?

—Claro, tengo dieciocho.

—Laurita, tú no tienes dieciocho ni de coña. —Prometo ante cualquier juez que ese «Laurita» era la cosa más bonita que había oído en mi vida hasta ese momento, creo que hasta mojé braga, y no, no estoy exagerando.

—¿Por qué dices eso?

—Porque eres de la edad de mi hermana.

—O sea, que sabes quién soy.

—No tengo ni idea de quién eres, mira esta.

—Perdona.

—No pidas perdón, que no has hecho nada.

—Vale, perdón. —Se rio y su risa... No tenía palabras, es que me cortaba la respiración.

—Anda, ven, que te invito a un chupito.

—¿Chupito?

—Sí, que te vas a soltar, ya verás.

Me cogió de la mano y me llevó a la barra de la discoteca, yo no podía hacer otra cosa que flipar en todos los colores del arcoíris. Yo, Laura, la chica invisible para los hombres, iba de la mano del popular del pueblo hacia la barra de la discoteca.

—Ponte dos absentas —lo oí decir.

Me colocó el vaso con el líquido verde delante, yo no tenía ni idea de qué era eso, pero ya podía ser Fuego Valyrio, que me lo iba a meter entre pecho y espalda sin pestañear. Brindé con él y me lo bebí de un trago. ¿Sabéis qué es que se te corte la respiración? Como cuando te metes en agua congelada de golpe, que te quedas unos segundos sin poder meter oxígeno en los pulmones, pues así. La absenta ardió en mi garganta, en mi estómago y hasta en mis rodillas, pero dolió todavía más su risa al ver mi cara, se estaba riendo de mí.

Me fui de allí con paso inseguro, la Laura de verdad volvió a salir a flote, necesitaba a mis amigas para sobrevivir a aquella situación.

Cuando estaba a quince pasos de distancia de ellas alguien me cogió de la mano, tiró de mí y me dijo:

—Anda, vámonos fuera.

45

El principio del fin

Me salí, vamos que si me salí..., me podría haber ido al fin del mundo de una y sin pensarlo dos veces. Recuerdo que lo que más me gustó fue que todo el mundo nos viera irnos, recuerdo oírme pensar: «Jodeos todos, punto para la gorda». Qué tierna e inocente.

Nos salimos y nos alejamos un par de calles de la discoteca, nos metimos en un portal y él se dedicó a ponerme nerviosa como si no hubiera un mañana. Para mi yo de aquella época estaba siendo mágico; para mi yo de ahora fue repulsivo.

—¿Qué te pasa, Laurita, estás nerviosa?

—¿Yo? Qué va.

—¿Y por qué no me miras a los ojos?

—No sé.

—Tan valiente para presentarte y ahora nada...

—No, nada tampoco... ¿De qué quieres hablar?

—¿Hablar?

—¿No quieres hablar?

—Había pensado mejor en hacer otras cosas.

—Ah.

Alarmas, sirenas, luces, flashes... Todo a la vez gritando

en mi cabeza, no entendía nada, pero es que tampoco había mucho que entender.

Damián me quería besar, eso estaba claro, ¿no? ¿Me lo estaba inventando? ¿Quería reírse de mí? ¿Me lo estaba diciendo todo en serio?

En mitad de esos pensamientos se acercó a mí, cogió mi mano y se la llevó al paquete. ¿Mi cara? Un poema.

Y un poema de verdad, no lo digo en broma ni en serio del todo; es una mezcla entre jajás y traumas. De verdad que no sabéis todo lo que pude expresar en un momento. Era como que no entendía nada, pero me gustaba, había morbo dentro de mí, algo de rechazo a la situación, un poco de miedo y mucha curiosidad. Vamos, que lo mismo podría haber salido de allí corriendo que podría haber grabado una película porno, no lo tenía del todo claro.

—¿Alguna vez has tocado una polla?

—Eh..., no.

—Uf, cómo me gusta eso.

—¿Por?

—No lo entenderías.

—Ah, vale.

—¿Quieres tocar la mía?

—No lo sé.

—Yo creo que sí.

Y ahí estaba yo, con la mano por encima de su vaquero, con carita de animal que van a atropellar de madrugada, cuando de repente oí a mis amigas gritar: «¡¡¡LAURA!!! LAURA, ¿¿¿DÓNDE ESTÁS???».

—Lo siento, me voy.

—Nos volveremos a ver, Laurita.

Y vaya si nos volvimos a ver.

46

No sabéis lo que me está removiendo esto, pero sigo

Esa misma noche me mandó un SMS, no tengo ni idea de dónde sacó mi número, pero lo consiguió. Me agregó al Messenger al día siguiente y ahí ya sí que no hubo marcha atrás.

Nos besamos por primera vez dos semanas después de aquel encuentro, tardamos tanto porque básicamente no nos vimos antes. Yo llegué tarde a casa la noche que nos fuimos al portal y, por tanto, me castigaron sin salir la siguiente.

Sin comerlo ni beberlo, llegamos a Nochebuena. Sé que en muchas partes de España la Nochebuena se pasa en familia y en mi pueblo también, pero solamente la cena, después de cenar nos vamos todos de fiesta. Es una costumbre que no se pierde jamás.

Pues bien, aquella Nochebuena mis amigas y yo salíamos de fiesta a la discoteca de siempre y Damián había alquilado un local con sus colegas. Tenían barra libre de alcohol, pinchaba él y estaba todo hecho mierda, era un almacén del pueblo que dejaban a los chavales de tanto en cuanto para liarla.

Recuerdo ponerme pedo, muy pedo, mi primer pedo

real de toda mi vida. Yo me bebía un Malibú con piña o dos vodkas negros, pero jamás me emborrachaba como tal, el alcohol no era santo de mi devoción. Aun así, sabía que esa noche vería a Damián y no podía hacerlo sobria. Recuerdo que bebí con mis amigas chupitos de TGV (tequila, ginebra y vodka), si no me equivoco cayeron cuatro, y un Malibú. Para la Laura de dieciséis años, más que suficiente para ir con el moco en todo lo alto.

Estuve TODA la noche mareando a mis amigas para irnos de la discoteca e ir al local, ellas NO querían. Uno: porque no les gustaba Damián. Dos: porque en la discoteca había ambientazo. Tres: porque no les gustaba NADA Damián.

Me la sudó completamente y a regañadientes me acompañaron hasta allí. Encima, yo no entendía qué les pasaba y me dediqué a decirles que me tenían envidia, que para una vez que yo le gustaba a alguien estaban celosas, que no me dejaban vivir mis propias experiencias. Todo esto lo escribo así como quitándole hierro, pero vaya drama que llevábamos todas encima. Adolescentes, pedo, Nochebuena y cada una queriendo ir a un sitio distinto. Imaginen.

Llegamos al almacén decadente y a día de hoy sigo recordando aquel momento como súper de película. Yo entro vestida para matar, él pinchando en un ordenador portátil del pleistoceno, me ve llegar, pone la canción *Todo* de Pereza, sale de detrás de los altavoces y me come la boca delante de la gente como si no hubiera un mañana.

Por aquel entonces aún no existía Nathy Peluso, pero juraría solemnemente que cuando terminamos grité: «La gorda *tá* triunfando, *ma'*».

Después del morreo de quince minutos, me cogió de la mano y me llevó a un colchón que había por allí tirado, y empezamos a liarnos que menuda vergüenza ajena. Yo tenía el vestido subido hasta la espalda y nos estaba mirando medio pueblo, muy ridículo todo. Ahora bien, yo me sentía Babi en los brazos de Hache sin amago de duda.

Yo me podía sentir todo lo bien que quisiera, pero mis amigas tenían ojos y sentido de la decencia, así que no podían permitir aquella escena digna de *Mentiras y gordas*. Me cogieron en volandas, me sacaron del almacén y aún recuerdo a Marta gritarme:

—¡Que pares! ¡Que estás haciendo el ridículo!

—¡Me acabas de joder mi primer beso!

—Te acabo de salvar de que todo el pueblo hable mañana de ti.

—¡Me da igual lo que digan de mí, yo quiero estar con Damián.

—Tú lo que estás es borracha.

—Y tú, envidiosa perdida.

—No tienes ni idea.

—Tú sí que no tienes ni idea.

Finalmente entró en la conversación Lorena, que por aquel entonces (y ahora también) era el pilar de la sabiduría. Como tenía dieciocho años era la máxima expresión de la adultez para nosotras.

—Laura, escúchame, vas borracha, si mañana te quieres liar con él, a nosotras nos va a parecer genial y te vamos a apoyar en todo, pero esta noche no. Cuando se te pase el pedo hablamos como personas.

—Vale.

Me cogieron entre las cuatro y me llevaron a una cafetería, me dieron café con sal (de verdad..., los mejunjes de la adolescencia para que se pase la borrachera son lo peor), poté todo lo que tenía dentro y, cuando salimos de allí, nos encontramos con Damián y dos colegas. Esa escena..., madre del Señor, digna de sacar una bandera roja desde Madagascar. Estaba gritándoles hecho un loco a sus amigos, preguntando por mí, tenía las manos llenas de sangre porque al parecer le había dado de puñetazos a una pared... Todo mal. Ahora bien, ¿para la Laura del momento? Bueno, para la Laura del momento aquello era un sueño hecho realidad. ¿Que un hombre se parta los nudillos por ti contra una pared de gotelé? Lo más de lo más.

Le expliqué que mis amigas no me dejaban liarme con él porque iba pedo, pero que podíamos quedar al día siguiente. La conversación fue algo así:

—Tus amigas son unas putas niñatas, ¿para qué les haces caso?

—Me han dicho que mañana haga lo que quiera, pero que hoy no haga nada porque voy pedo.

—Laurita, vas perfectamente.

—Un poquito pedo sí que voy.

—Que no te rayes, tía, que ya está, has perdido tu oportunidad.

—No, Damián, por favor, vamos a vernos mañana.

—Mañana tengo cosas que hacer. ¿Piensas que voy a mover mis planes por ti o algo?

—No..., qué va, nos vemos pasado si no, o cuando tú puedas.

—Que sí, pava, que sí. No seas plasta, ya lo pensaré.

—¿Me das un beso antes de irte?

—No te lo mereces.

Y se fue, con toda su polla arrastrando hasta el suelo, que le pesaba quince kilos por lo menos.

47

Escuchad siempre a vuestras amigas

Siempre que sean buenas amigas, he de aclarar aquí. Si son personas que están en vuestra vida porque sí, pues pasando, pero si tenéis amistades verdaderas, por favor, escuchadlas siempre. Porque la intuición es muy sabia, y no solamente la nuestra. Si una amiga o un amigo nos suelta un «ese no me gusta un pelo», por algo es, muy raro que falle. ¿Que tú te la quieres pegar igualmente? Pues adelante, pero escucha a tus amigas siempre.

Nunca será envidia, celos o que quieran el mal para ti. Con tu familia pasa lo mismo, evidentemente tenemos que ser maduras e inteligentes, tomar nuestras propias decisiones, puede que la peña de tu alrededor no sepa ver algo que tú sí ves, pero nunca está de más escuchar lo que opinan y tenerlo en cuenta. Si nos escucháramos más, pero de verdad, tendríamos muchos menos problemas.

Si tú eres la excepción que confirma la regla, siempre tienes razón y tu gente siempre se equivoca, pues me alegro muchísimo por ti, pero definitivamente no fue mi caso, ni el de la mayoría de la gente.

Igual que con lo de tener dieciséis años y que el otro

tenga veintidós... Los saltos de edad tan grandes, y más a esas edades, no son tontería alguna.

¿Que a algunas personas les ha salido genial? Pues nos alegramos por ellas, pero si eres muy joven y se te acerca un hombre mayor porque quiere roneo, huye antes de que sea demasiado tarde. Cuestión de probabilidad que te salga peor que mal.

Que nadie se enfade aquí porque se lleva quince años con su pareja y les va estupendamente; por lo general, no pasa.

Déjenme decirles a las jóvenes damiselas que eso de «yo es que soy demasiado madura para los de mi edad» es algo que tenemos que empezar a erradicar, que tenemos que empezar a dejar de creer cuando un señor nos lo diga.

¿Dos o tres añitos? Genial. ¿Tú dieciséis y él veinticinco? Error 404.

48

Prosigamos con Damián

Por lo poco que sabéis de él ya os podéis imaginar cómo continúa la historia, ¿no? Pues fue muchísimo peor.

Os voy a ahorrar los seis siguientes meses en los que me alejó de todos mis seres queridos, en los que bajé mis notas en el instituto, en los que hundió mi autoestima a niveles insospechados y en los que se puso celoso hasta de mi padre.

Para poneros algún ejemplo vamos a situarnos en el día en el que fuimos a la tetería que hay al lado de mi pueblo, los dos solos, en su coche. Pedí un batido de fresa y él una cerveza, todo normal, pero cuando el camarero se dio la vuelta...

—Eres una guarra, ¿acabas de tirarle la caña a ese pavo delante de mí?

—Pero ¿qué pavo? ¿Qué dices, Damián? No empieces, por favor.

—Es que siempre igual, no se puede salir contigo a ninguna parte.

—¡Pero que no he hecho nada!

—¿Ah, no? ¿Y los ojos de golosona que le has puesto? ¿Me los he inventado yo?

—Pero vamos a ver, Damián, que solo estaba siendo educada.

—Educada, mis cojones.

Se levantó de la mesa y se fue, yo salí corriendo detrás de él, entró a su coche, echó el seguro y se marchó. Me quedé sola, en la calle, en el pueblo de al lado. Tuve que llamar a Lorena (por aquel entonces ya no nos hablábamos) para que viniera a por mí.

Volvimos las dos solas en silencio; bueno, no..., yo iba llorando. No me dirigió la palabra, ni yo a ella. Jamás hablamos de lo que había pasado. Ella no me pidió explicaciones y yo no se las di. Me dejó en el portal de mi casa y cuando subí tenía un SMS suyo:

> Déjale ya, Laura. No soporto verte de este modo, no te lo voy a decir más veces, es la última que te salvo de una así. No por mí, por ti.

Yo creía que nadie me entendía, que nadie me apoyaba, que mis amigas me habían dejado de lado porque ellas no tenían a un Damián. Que todo eran celos, envidias y pocas ganas de escucharme. Tenía clarísimo que si quedaban con él serían capaces de ver lo buena persona que era, pero se negaron desde el principio, y no las culpo.

No las culpo porque ellas tenían razón, ellas intentaron por activa y por pasiva sacarme de allí. Yo no atendía a razones, yo no quería escucharlas, yo no estaba por la labor de entender nada que no fuera mi necesidad de conseguir la aprobación constante de mi chico. De mi chico, ¿eh? Cómo me gustaba llamarlo así.

Laura la gorda tenía novio y estaba buenísimo.

Me quedé más sola que la una, no tenía a nadie con quien hablar, a nadie con quien compartir, no tenía nada de educación sexual y en ningún momento me sorprendió absolutamente nada, por ejemplo, que él no quisiera usar preservativo porque le apretaba.

Perdí la virginidad en casa de su abuela, mientras ella estaba viendo la televisión. Con una colcha de ganchillo, un cuadro de Jesucristo encima de la cama, rosarios por todas partes y el *Pasapalabra* sonando a lo lejos. Definitivamente, en *Tres metros sobre el cielo* nos mintieron pero bien.

Recuerdo estar atacada, teniendo un ataque de ansiedad pero sin saber cómo se llamaba eso, recuerdo no querer quitarme la ropa, recuerdo decirle varias veces que no quería estar ahí y recuerdo cómo a él se la sudaba.

—Laurita, que te va a gustar, ya verás, tú relájate.

—Damián, me da vergüenza, no quiero que me veas desnuda.

—No pasa nada, ya sé que estás gorda.

—Pero no quiero que veas mi cuerpo.

—Joder con la niña, pues apago la puta luz y ya está, qué pesada, coño.

—Gracias.

—De nada.

Y volvió al ataque, a amasarme las tetas con rudeza, a morderme sin llevar ni una pizca de cuidado, a ponerme la polla en la mano y a gritarme que se la agarrara con fuerza. Me abría la boca y me la metía dentro, hasta el fondo de la garganta, cogiéndome la cabeza con las manos... Me bajó las bragas y, sin siquiera tocarme, me la metió dentro. Le pregunté que por qué no se había puesto preservativo con lágrimas en los ojos.

—Eso son gilipolleces.

—En el insti nos han dicho que es mejor ponérselo, ponte uno, por favor.

—No tengo.

—Vamos a comprar.

—Que no, Laura, que no, que me aprietan que flipas... Cállate ya, anda, que me estás desconcentrando.

Y me callé, vamos que si me callé. No volví a pronunciar palabra hasta la mañana siguiente.

Pero qué guay era tener un novio que estaba bueno, ¿no?

49

¿Por qué no salías de ahí?

Sé que esto no debería escribirlo, no debería justificarme porque yo era la víctima, yo no tengo que explicarle a nadie por qué ese hombre me manipuló hasta las entrañas, pero también sé que es muy fácil hacerse la pregunta y os la contesto:

No salía de ahí porque le quería con toda mi alma, porque para mí tenía sentido que yo tuviera que estar agradecida. ¡Por el amor de Dios!, ese chico me estaba haciendo un favor, se estaba tirando a la gorda. A la que nadie miraba, a la que nadie veía, a la que nadie prestaba atención.

¿Cómo iba a escuchar a mis amigas? ¿Cómo iba a salir corriendo? ¿Cómo iba a dudar de que un maldito condón le apretara? Él siempre tenía razón, él siempre sabía qué teníamos que hacer, él siempre llevaba la iniciativa. Yo aceptaba, yo callaba, yo asumía.

No se cortaba un pelo en decirme que tenía que darle las gracias porque un tío como él estuviera con una chica como yo, no tenía reparos en decirme que mis amigas eran unas putas arpías que querían joder nuestra relación por envidia, no titubeaba al afirmar que mi padre (¡mi padre!) quería algo conmigo.

Me alejé de ellas, de mi familia y del mundo. Mi mundo pasó a ser él, él y nada más que él. Yo solo estaba para complacerle, para hacerle feliz o para intentarlo al menos, porque jamás era suficiente.

¿Cómo terminó? Pues mal, terminó muy mal.

Terminó quedándome yo embarazada a los dieciséis años.

50

¿Y ahora qué?

Ahora llego a la parte que no puedo escribir sin llorar, ahora llego a la parte que jamás he contado, ahora llego a la parte que aún me retumba en el pecho cuando pienso en ella (que ya es casi nunca), ahora llego a la parte en la que entenderéis por qué tuve que matar a Laura y crear a Karma.

Me quedé embarazada a los tres meses de estar con él (suficiente tardé, teniendo en cuenta que SIEMPRE lo hacíamos sin usar ningún método anticonceptivo y que cuando le apetecía se corría dentro sin reparo alguno). Pero no me enteré casi hasta el quinto mes de ser pareja, dos de embarazo.

Yo siempre había tenido la regla superirregular, incluso había meses (normalmente los de verano) en los que ni me bajaba, así que el hecho de que no apareciera en abril no me alertó ni lo más mínimo, pero ya su ausencia en mayo... eso sí que fue alarmante.

Me fui al pueblo de al lado en autobús, compré una prueba de embarazo y me la hice en el instituto, en el baño, sola. El positivo de esa maldita prueba es una imagen que jamás podré borrar de mi cabeza, y mira que lo he intentado con fuerza.

Lloré, lloré durante horas. Llamaron a mis padres diciéndoles que no había ido a clase, les dije que me encontraba mal y que estaba en el baño vomitando (cosa que no era mentira). Recuerdo esas noches como las peores de mi vida, no le dije nada a Damián porque me imaginaba su enfado, yo creía que seguro que había sido por mi culpa y no estaba preparada para oír todo lo que tuviera que decirme.

Tardé casi un mes más en atreverme a contárselo a alguien, y fue a mi madre.

Lo recuerdo como si fuera ayer, un jueves de junio, un calor asfixiante, las dos delante de un plato de macarrones, yo dándole vueltas al plato sin comer nada de nada, preparándome por treintena vez para tener la conversación.

—Laura, llevas sin comer un mes, ¿se puede saber qué te pasa? Si son macarrones, que te los he hecho porque te encantan.

—No tengo hambre, mamá.

—Pues me da lo mismo, comes, a ver si ahora te vas a hacer anoréxica de esas.

—Estoy embarazada.

El silencio más largo de mi vida.

—¿Cómo?

—Que estoy embarazada.

Mi madre me cruzó la cara. Después lloró y me pidió perdón, después se puso de pie y empezó a gritar, después se sentó y golpeó la mesa, después suspiró, se recogió el pelo y me habló.

—¿Y qué quieres hacer?

—¿Qué quiero hacer de qué?

—¿Lo vas a tener?

—¿Puedo no tenerlo?

—Claro, puedes abortar.

—Pero eso es ilegal, lo busqué el otro día en el cíber.

—Laura, ¿lo quieres tener o no?

—Yo qué sé, mamá, no sé nada. ¿No te das cuenta de que no sé nada?

Y lloré, lloramos las dos, abrazadas. La niña buena embarazada a los dieciséis años. Yo no supe qué decisión tomar, así que mi madre la tomó por mí.

—Voy a ver qué hago, seguro que encuentro alguna clínica.

—Mamá.

—Dime.

—Por favor, no se lo digas a papá.

—Laura, no me pidas eso, tu padre tiene que saberlo.

—Por favor te lo pido, no le digas nada.

51

Paradme el corazón, que se me desboca

Quedamos en reunirnos los tres (Damián, mi madre y yo) para ver cómo lo haríamos. Él se enteró ahí mismo de que estaba embarazada, se quedó blanco como el papel, solamente hablaron mi madre y él, yo no me atreví a abrir la boca.

—No lo vas a tener ni de coña, ¿no?

—No, va a abortar. Ya he mirado una clínica.

—Buah, menos mal, qué susto me he llevado.

—No, qué susto te has llevado, no, desgraciado. La mitad la pagas tú.

—Yo no tengo un duro.

—Pues te apañas, porque ella tampoco. Son tres mil euros, mañana por la mañana quiero mil quinientos en la puerta de mi casa.

—Tú estás loca.

—Yo estaré loca, niñato. Pero o mañana me traes los mil quinientos euros o dentro de seis meses eres padre, tú verás.

Se levantó, se fue y al día siguiente cumplió como un campeón.

El lunes 12 de junio fue el día, fui a una clínica a abortar un bebé que jamás sabré si quería tener o no porque por aquel entonces yo ni pensaba, ni sentía, ni padecía. Era un zombi andante.

Recuerdo estar allí tumbada, con las piernas abiertas, una pantalla blanca en el pecho que no me permitía ver nada, la mitad del cuerpo dormido, recuerdo ver al médico con un cosa que parecía un pato metálico, recuerdo cómo me dijo «relájate», recuerdo cómo el frío me subió desde la punta de los pies hasta las yemas de las manos.

El frío, solo recuerdo el frío.

Al día siguiente fui al instituto como si nada.

52

El fin del principio

Me encantaría escribiros que lo dejé, que lo mandé a la mierda, que por fin me di cuenta de todo y que tomé cartas en el asunto. Pero os mentiría y aquí no estamos para eso.

Me dejó él, el martes 13 de junio, al día siguiente de haber abortado. Por mail, me mandó un puñetero e-mail.

> Laura:
>
> No me busques, no me llames, no intentes ponerte en contacto conmigo. Lo nuestro se ha terminado. Me he ido para no volver. Sigue con tu vida.
>
> Damián

Y ya, eso es todo lo que recibí. Llamé a su número y estaba apagado, llamé desde todos los teléfonos que estaban a mi alcance. Le mandé ciento treinta y siete correos electrónicos, no respondió ni a uno solo. Fui a su casa, hablé con su madre y con su hermana, ambas me dijeron que se había ido y que no les había dicho adónde. Las creí, estaban destrozadas las dos.

Estuve buscando su cara entre la gente durante años, siempre tuve la esperanza de volver a verle, pero a día de hoy, doce años después, sigo sin haber vuelto a encontrarme con sus ojos.

Gracias, Universo.

Bueno, no. Gracias, Universo, no. Gracias, papá. Fue mi padre, ¿sabéis? Mi madre se lo contó a mi padre sin decírmelo a mí, él le dio dinero, lo amenazó con matarle y le dijo que si lo volvía a ver a menos de cien kilómetros de mí le metía una bala entre las cejas. Sé que suena a película, pero mi madre me dijo que le soltó algo del estilo: «Yo acabaré en la cárcel, pero tú a mi hija no vuelves a acercarte». Nunca sabremos si lo dijo de verdad o no, pero espero que jamás tengamos que comprobarlo.

Mi madre me lo contó cuando ya llevaba casi un año con Juanjo. Como quien no quiere la cosa, me preguntó si había vuelto a saber algo de Damián alguna vez, le dije que no y que no entendía cómo había desaparecido así de la faz de la Tierra.

Entonces ella me contó todo lo de mi padre, me pidió perdón por habérselo dicho cuando yo le había pedido expresamente que no lo hiciera y me dijo que era un secreto que su matrimonio no podía soportar. La abracé, le di las gracias y lloramos juntas, únicamente hablamos del tema ese día y desde entonces no se ha vuelto a mencionar palabra al respecto.

Papá, supongo que estarás leyendo esto, así que gracias. Gracias de corazón, gracias por salvarme la vida cuando ni yo misma sabía que tenía que ser salvada. Ahora sabes que lo sé, ojalá me atreva algún día a darte el abrazo que te debo.

53

El nacimiento de Karma

Ese verano fue el peor de mi vida, estuve encerrada julio, agosto, septiembre..., y no volví al instituto hasta diciembre. Maldito mes de diciembre, me estoy dando cuenta de que siempre me pasa todo ahí. Estaba medicada hasta las cejas, con ayuda psicológica y psiquiátrica.

El resurgir fue lento, fue despacio, con los diecisiete ya cumplidos. Jamás se lo conté a nadie, ni a Marta, ni a Carmen, ni a Isabel, ni a Lorena, ni a mi hermano. Las únicas personas que conocían esta historia hasta el momento eran mi madre, mi padre, Damián y mi psicóloga. Ahora ya somos más y... y creo que me siento bien.

Mi psicóloga me salvó la vida, Lidia es mi maldito ángel de la guarda. Con ella tomamos la decisión de que dejaría de llamarme Laura. Encontré el nombre de Karma y decidí que a partir de ese momento y para siempre me llamaría así.

—¿Karma? Me gusta, pero ¿por qué?

—Porque quiero que me devuelva todo lo que me debe.

—Te llegará, Karma, te llegará. Además, que te pega mucho.

—¿A que sí?

Un día soleado de abril, llegué al instituto, me presenté como Karma a todo el mundo, marcándome una *performance* de ser la chica nueva, les dije a todos que estaba de vuelta, me descargué Instagram, me abrí una cuenta que se llamaba @karmakeloke, y de ahí hasta la persona que soy hoy todo es historia.

Mis amigas me recibieron con los brazos abiertos, mi psicóloga me convenció para que me fuera a Madrid y me alejara de Burjassot, la madre y la hermana de Damián se marcharon del pueblo y nunca más volvieron, conocí a Roberto y me lamí las heridas a su lado, me configuré como la reina que soy ahora y no permití que nadie me tocara (el cuerpo o el corazón) hasta que apareció Juanjo en mi vida.

Me enseñó lo que era el cariño, el quererse despacio, respetar los tiempos del otro, escuchar, no presionar, disfrutar del sexo, vivir una relación en paz.

¿Lo único malo que hubo ahí? Pues que jamás estuve enamorada de él.

Hasta que llegó Leo y por fin entendí qué era un amor correspondido.

54

Salgo y voy a tu casa

Después de haberos contado mi pasado traumático, de haber soltado los doscientos kilos de peso que llevaba sin compartir en la espalda, volvamos a nuestro hombre.

Leo.

Ay, Señor mío..., qué pillada estaba por ese maldito ser... ¿Os acordáis de que nos despedimos el domingo como si no nos fuéramos a volver a ver? Pues quedamos el lunes y el martes y el miércoles y el viernes.

El único día que no nos vimos fue el jueves, y porque él se quedó dormido antes de que yo saliera de currar. Entonces me parecía un poco feo hacer allanamiento de morada y meterme en su cama sin su permiso, por lo que me fui a la mía.

Esa semana la recuerdo como mágica, bueno, para qué nos vamos a engañar, recuerdo prácticamente toda la relación así, tengo la objetividad en el subsuelo, la verdad.

Todos y cada uno de los días en cuanto salía de El Corte Inglés, me cogía el metro y me plantaba en su casa a las once de la noche, pedíamos algo de cenar (sí, todos los días, el desgraciado no cocinaba ni que lo matasen), nos poníamos una película de *Star Wars*, que nos vimos la saga entera de nuevo, y follábamos fuerte.

No aspiraba a nada más en la vida, sinceramente. Por fin había conseguido lo que siempre había deseado: sentirme querida y querer a partes iguales.

El sábado tampoco nos vimos porque yo decidí que era día de estar con Roberto. Tuve que obligarme, pero sabía que lo tenía que hacer. No estaba siendo ni medio sano lo de mudarme prácticamente a casa de Leo y dejar de lado todo lo demás que había en mi vida.

Nos despertamos relativamente temprano, desayunamos en el Verde, nos fuimos al Mercado de Motores que había ese fin de semana, paseamos por Madrid, comimos en nuestro restaurante favorito (De Cháchara, es increíble), paseamos más, entramos a la filmoteca, vimos una película horrible de uno de esos directores alternativos que le encantan a Rup, volvimos a casa caminando, nos hicimos palomitas y nos pusimos un par de capítulos de *Drag Race*.

—Roberto, ¿por qué no te haces *drag*?

—Pero ¿estás tonta o qué te pasa? ¿Tú me has visto?

—Hombre, claro que te he visto. Tienes gusto para la moda, el arte y la música; además, no eres un actor horrible, que cada vez que me has tenido que ayudar con una escena no lo has hecho nada mal.

—Karma, quiero ser periodista de conflictos internacionales, ¿tú crees que alguien me va a tomar en serio si me subo a unas plataformas con una peluca?

—Bueno, bueno, bueno. ¡No me creo que tú estés diciendo esto!

—Hombre, me encantaría pensar que vivimos en una

sociedad superinclusiva que me vería igual de inteligente vestido de *drag* que de niño del PP, pero los dos sabemos que eso no pasa.

—Pues habrá que cambiarlo.

—De verdad, me desespera tanto esa niña soñadora y combativa interior que tienes...

—Es que eres un pesimista que flipas.

—Realista, soy realista, Karma.

—Aburrido.

—Por ahí sí que no paso.

—Me has llevado a ver una película de Vinila von Bismarck.

—Lars von Trier, Karma María, se llama LARS VON TRIER.

—Pues ese.

—Y que oses llamarte a ti misma actriz...

—No me vayas por ahí, ¿eh?, a ver qué tendrá que ver.

—Tu película favorita es *Una Cenicienta moderna.*

—¡Ojalá algún día ser Hilary Duff!

—Ojalá algún día apagarte un cigarro en el ojo.

—Eres un sádico.

—Me sacas de mis casillas.

—¿Por qué? ¿Porque no me gusta tu cine de ir de listo?

—¡¿Cómo que ir de listo?! ¡Soy listo!

—Menos de lo que crees.

—Bueno, lo que me faltaba por oír.

—Es verdad, te tienes en altísima estima.

—La reina del amor propio ahora me dice que me lo tengo creído.

—No digo que sea malo, pero es verdad. Eres un egocéntrico.

—¿Estás buscando pelea?

—No, solo quiero que seas *drag*.

—Y dale perico al torno, ¡que no voy a ser *drag*! Pero si no sé ni maquillarme.

—Aprendes.

—¡Que no me líes, que no!

—Lars Mor Cilla.

—¿Qué?

—Tu nombre *drag*, podría ser ese.

—¡¿Lars Mor Cilla?! ¡Pero ¿tú de verdad te crees que yo sería tan cutre?!

—En honor al Von Bismarck.

—¡VON TRIER!

—Ese.

—Eres insoportable.

—Hazte *drag*.

—Lo pensaré.

—AYYYY, ¡¿EN SERIO?!

—No. Pero déjame en paz.

—Vaaaaale.

—Karma.

—¿Qué?

—Te echaba de menos.

—Y yo a ti.

55

Conozcamos a sus amigos

Lo de ver la saga de *Star Wars* completa durante la semana no fue algo aleatorio. La cogimos por banda porque el domingo teníamos el *escape* con sus amigos y queríamos ir *full* informados, no fuera a ser que hicieran preguntas de la película y quedáramos en ridículo.

Vale, lo reconozco, eso solo me pasaba a mí, pero es que, entendedme, estaba supernerviosa. Nunca jamás había conocido a los amigos de nadie con quien hubiera estado. Con Damián solo estábamos los dos, Juanjo conoció a TODA mi gente, pero yo no conocí ni a una sola persona de su círculo social (sí, sigo sin entenderlo, más de año y medio juntos y no me presentó a nadie, ni a sus compañeros de curro), así que estaba nerviosa, quería quedar bien y ser la novia perfecta.

Llegué a su casa media hora antes de que tuviéramos que salir para que me ultimara detalles una vez más.

—Entonces ¿Ger es el novio de Ana?

—Efectivamente.

—¿Y llevan juntos doce años?

—Desde segundo de bachiller.

—Él es cocinero y ella ingeniera.

—De telecomunicaciones.
—Él es tu mejor amigo porque sois vecinos.
—Y nuestras madres son amigas de toda la vida.
—Cierto. ¿Álex es el que te vacila?
—Todo el tiempo.
—Pero ¿nos cae bien?
—A ratos.
—¿Informático?
—*Aham*.
—Alberto es el buenísimo.
—*Yes*, el oso amoroso. No lo he visto enfadarse en mi vida.
—¿Electricista?
—Y trabaja con su padre.
—Vale, creo que me lo sé todo.
—Te falta Ginés.
—Ay, coño, sí. Ese fue el último en llegar, lleva solo cinco años con vosotros, lo trajo Alberto porque curraban juntos y era electricista, pero ahora está en paro y se dedica a ayudar Álex con las webs.
—Niña, un diez. Les vas a caer increíble.
—¿Seguro?
—Karma, eres la persona más puta ama que he conocido en mi vida, sé tú misma y verás cómo te los metes en el bolsillo en menos de dos minutos.
—Vale, pero si ves que hablo mucho, me pellizcas.
—Estoy seguro de que sabrás cuándo hablar y cuándo callarte.
—Yo no estoy tan segura.

—Tú déjate llevar.

Pensaba replicarle que no era tan fácil, pero no pude porque me metió la lengua hasta la campanilla. Efectivo y sin quejas por mi parte, la verdad.

Nos subimos al coche y puse *Para quedarte*, de El Kanka, me pasé todo el viaje con la mano en su cabeza acariciándole el cuello con las uñas. De repente se me olvidó que sus amigos existían, que estaba nerviosa y que, encima, tenía que parecer inteligente en un *escape room*.

Llegamos y quedamos en un bar que estaba cerca del local para tomar una *cerve* antes de entrar. Me los presentó a todos uno a uno y eran tal cual me los había descrito.

El *match* con Ana fue inminente. Y, entre vosotras y yo, os reconoceré que, si no hubiera estado con Leo (y él con Ana), no me hubiera importado conocer a Ger, qué gracioso era, qué simpático me pareció y qué atractivo lo veía. Un diez para el cocinero, sí, señor. Encima, era como grande, alto y gordo, todo bien.

Álex me cayó fatal. Tenía el pelo rizado, era bastante delgadete y el más bajito del grupo, era muy pesado. Todo el rato quería parecer el más listo, el más gracioso y el que ponía la puntillita a todo. Me pareció un repelente real, asumí que estaba en ese grupo porque eran de toda la vida, pero si se conocieran ahora apostaría a que no formaría parte. Perdón por haberle hecho un traje al chaval, pero es que tenía el aura naranja. (De esto hablamos en otro momento, que creo que soy sinestésica y mi cabeza une a personas con colores: si no me gusta tu color, no me gustas tú, y, ¡sorpresa!, las personas que menos me gustan son las de color naranja. Leo era verde oscuro, por si a alguien le interesa.)

Alberto era literalmente un pedazo de pan, casi no hablaba, se le veía supertímido, pero estaba todo el rato sonriendo. Encima, se le ponían los ojos chinos y era superadorable. Me lo habría comido con patatitas fritas.

Y, para terminar, Ginés... Pues muy *salao*, la verdad. No fue el que mejor me cayó, pero tampoco me molestó ni un poco su presencia. Majete sin más.

Me presentó a todos ellos como Karma. Ni «mi chica», ni «mi novia» ni nada. Durante todo el rato no estuvimos «juntos», tampoco es que me rechazara ni nada por el estilo, pero no me tocaba. Eso sí, cada quince minutos me miraba y me preguntaba con los ojos si estaba todo bien.

Leo, estaba increíble. Jamás sabrás lo feliz que me hiciste incluyéndome en tu vida antes de mí. Sé que para todo el mundo es lo normal, pero a mí nunca antes me habían hecho formar parte, nunca antes me habían presentado a familiar o a amigo, y fue una experiencia inmejorable.

Antes de salir hacia el *escape* dije que tenía que ir al baño y Ana dijo que ella también, y estuvimos hablando de un cubículo a otro mientras hacíamos pis.

—Bueno, tía, cuéntame a qué te dedicas.

—Pues ahora mismo estoy currando de teleoperadora para El Corte Inglés.

—Ah, pues muy buen curro. ¿Te gusta?

—Ni un poco, la verdad.

—Ay, coño, entonces muy mal curro. ¿A qué te gustaría dedicarte?

—Pues soy actriz.

—¡Anda, no me jodas! ¡Qué pasada! Y yo que me muero si tengo que hablar en público.

—A mí me encantan las masas y los escenarios, la verdad.

—¿El cine no te gusta?

—Pues me gusta más el teatro, pero no me cierro a nada, y la pasta al final se mueve en lo audiovisual.

—Ya..., eso es verdad. ¿Has currado ya en algo?

—Nada importante. Solo cosas en clase y eso.

—Bueno, bueno, no pasa nada. Ya llegará tu momento.

—Cada vez lo veo más lejano, la verdad.

Salimos del WC y nos empezamos a lavar las manos antes de ir con el resto.

—¿Por qué dices eso?

—No me veo dejando El Corte Inglés.

—Ya llegará, tú no te presiones. Seguro que aparece alguna señal y te deja salir de ahí.

—Lo veo complicado.

—Confía.

Y confié, me cogió del brazo y salimos juntas del baño. La cara de Leo al vernos cotorreando fue para enmarcarla y ponerla en mi mesilla de noche. Qué tierno era.

56

El escape room

Fuimos juntas hasta la puerta. Me habló de su relación con Ger, cómo se conocían desde primaria y cómo ninguno se atrevió a lanzarse hasta bachiller. Me ahogaba de risa cuando me narraba cómo la primera noche que se besaron en el viaje a Italia de fin de curso él le potó justo después de lanzarse. Se ve que tuvo que ponerse pedísimo para atreverse y acabó tirando los *fusilli* al pesto en su camiseta.

—Deja de contar intimidades, Anita.

—Hombre, tendré que instruir a esta chica maravillosa en los miembros de este grupo.

—Entonces ¿por qué no le cuentas el día que te measte encima en el baño de una discoteca y tuvimos que irnos todos a casa por tu culpa?

—Ehhhhhh, Germán, esas cosas no se cuentan.

—Le acabas de contar a alguien que no conozco de nada que te vomité pesto en nuestro primer beso.

—Pero es que eso es gracioso.

—¿Y lo de tu meada no?

—Definitivamente no.

Estábamos los siete riendo a carcajada limpia. Esos dos

eran lo más, y no dudé en pensar que me fliparía tener citas dobles con ellos todo el rato.

Cuando llegamos a la entrada del *escape*, leímos las instrucciones, y nos ponía que, cuando estuviéramos listos, debíamos llamar tres veces a la puerta. Álex fue el que lo hizo sin preguntar a nadie..., qué sorpresa.

De repente se abrieron las puertas y salió muchísimo humo, nos recibió una chica superbajita monísima vestida de Jedi, nos pidió con una interpretación maravillosa que pasáramos dentro corriendo, que el Lado Oscuro había tomado el poder y teníamos que ayudarla.

Nos pusieron capas a todos, nos dieron una espada láser a cada uno y flipamos en todos los colores del arcoíris. Qué puta pasada de sitio, lo estuve recomendando a toda mi gente durante meses. Dentro del juego había como seis estancias, yo me pasé todo el rato pegada a Ana y a Ger, Leo se fue con los otros tres casi todo el tiempo. Tuve que contenerme muchísimo para no llevar la voz cantante, tengo madera de líder y eso a veces me hace caer mal de primeras... Jiji, lo siento.

Pero me contuve y me lo pasé superbién, la verdad. El juego duraba hora y media, nos metieron en una nave espacial y teníamos que estar separados en dos grupos, debíamos ir gritándonos pistas para poder avanzar. En mitad de la partida nos encontrábamos todos, luego debíamos volver a separarnos y así todo el rato.

Hubo un momento en que tuve que agacharme por una trampilla y llegar a través de un tubo a un sitio superpequeño para buscar una pista. Yo estaba muy concentrada en mi misión y no oí a Leo entrar. De repente me abrazó por detrás, me cogió por las caderas, me besó en el cuello y me dijo:

—Qué cachondo me pone que te lo tomes tan en serio...

—Calla, que me desconcentras y tenemos que salvar la galaxia.

—Eres la mujer más maravillosa que he conocido en mi vida.

—Jedi, Leo, soy una Jedi.

—Más cachondo me pones entonces.

—¡B1446! ¡Es B1446!

—¡Lo pruebo! —contestó Ana desde otra habitación.

Me giré sobre mí misma, le cogí la cabeza con las manos y lo besé despacio, con mucho cariño, sin prisa. Era un beso de dar las gracias, de transmitir todo lo que no era capaz de decir.

—¡¡¡Sí es!!! ¡¡¡Karma, vuelve, corre, se ha abierto otra compuerta!!!

—Tus amigos me caen increíble, voy a acabar con el Lado Oscuro.

—Corre, pequeña.

Salí de allí a gatas y me encontré con mi nueva mejor amiga. Terminamos el *escape* a dos minutos de que se agotara el tiempo. Qué feliz me sentí.

57

Juegos de mesa y muchas risas

Cuando salimos nos fuimos a casa de Leo, dijimos de pedir algo de cena (oh, qué sorpresa) y jugar a algún juego.

Pedimos comida china y, cuando acabamos con todos los platos (esos chavales eran de buen comer, esa gente me gusta), lo limpiamos todo y sacamos el *Risk*. Mientras lo iban colocando encima de la mesa, Alberto me avisó:

—Te lo digo ya, chica nueva, aquí nos tomamos los juegos muy en serio.

—Pase lo que pase, no te alíes con Leo. —Consejo de Ginés.

—¿Y eso por qué? —pregunté yo.

—Porque siempre gano y son unos picados —contestó el aludido.

—Eres un fantasma —le repliqué.

—Un fantasma que nunca pierde.

Y era bueno el cabrito, la verdad que sí. Una lástima que acabara ganando yo antes. Cierto es que las negociaciones jugaron a mi favor y todo el mundo estaba por la labor de que ganara cualquier persona menos Leo, el cual se picó como si fuera un niño chico y por ello nos metimos más si cabía con él.

Después de aquello estuvieron contando batallitas de toda la vida, me sentí muy dichosa de ver aquella escena. Me contaron bien el primer beso de Ana y Ger, cómo ella se meó encima porque se le olvidó bajarse los pantalones del moco que llevaba en una discoteca, cómo Leo en un viaje a Gandía tuvo que dormir en la playa porque nadie le abría la puerta, cómo Álex se ha liado ya con dos chavales pero él sigue afirmando fervientemente que es heterosexual y un largo etcétera.

Estaban todo el rato riendo, vacilándose, se notaba que eran anécdotas de esas que se han contado ya mil veces y cada vez que se vuelven a narrar son un poquito más exageradas que la anterior. De repente me entró un poco la nostalgia y eché de menos a mis chicas, ¿se llevaría Leo con ellas tan bien como yo con sus amigos? Pues seguro que sí, Leo no tenía nada que ver con Damián.

—¿Estás bien? —me preguntó él en voz baja mientras los demás debatían sobre si la última borrachera monumental del grupo la había protagonizado Ginés o Alberto.

—Sí, se me ha ido un poco la cabeza a otra parte, pero estoy muy feliz.

—No tienes cara de estar feliz.

—Estaba pensando en mis amigas del pueblo, ojalá las conozcas algún día.

—¿Crees que se llevarían bien con estos?

—A Álex se lo cargan en dos asaltos.

—No sé por qué, pero me lo creo.

—Son de armas tomar.

—Y él es un poco gilipollas, pero se le quiere. Tengo ganas de conocerlas, sobre todo a Lorena.

—Uy, ¿a Lorena por qué?

—Porque es la que siempre te salva de todo.

—No negaré esa afirmación.

Volvimos a la conversación grupal, se sacó una botella de ginebra y empezamos a jugar a los papelitos. Es un juego que es lo más, lo propuse yo porque siempre juego con mis amigos y nunca sale mal.

Se sortean las parejas al azar (en este caso iban Ana con Álex, Leo con Ginés y Alberto, y yo con Ger), cada uno escribe en un papelito un lugar, en otro un personaje famoso, en otro un animal, una película y una cosa, sin que nadie más lo vea, lo dobla en dos, lo mete en un táper/estuche/bol. Se hacen tres fases: en la primera puedes describir con palabras infinitas lo que sea que te salga en el papelito aleatorio que has cogido; en la segunda solo puedes utilizar una palabra y en la tercera no se puede hablar, es solo mímica. Las rondas son de treinta segundos por pareja, se va repitiendo en bucle hasta que se adivina el último papel, se cuenta cuántos ha acertado cada pareja y se vuelven a meter todos dentro otra vez para repetir la operación con la siguiente fase.

Casi me hago pis encima al ver a Álex imitar a un pavo real. A Ana el juego se le daba de locos pero no se entendía muy bien con su compañero y acabaron los dos superpicados. Ganamos Ger y yo, a destacar el momento en el que me salió en el papelito «John Cena», yo no sabía quién era (es un boxeador o algo así), y se lo describí palabra por palabra. Básicamente adivinó la palabra «cena», porque yo le dije «comer por la noche» y que era una persona; cuando cayó en que era John Sina (se lee así), le dio un ataque de risa que no se me va a olvidar en la vida.

Estuvimos así hasta las tres de la mañana, cuando se fueron todos de casa más contentos que unas castañuelas, al día siguiente había que currar y, aunque nos hubiera encantado, no nos podíamos quedar allí berreando hasta las tantas, que si no Raúl se la liaría a Leo muy fuerte al día siguiente.

Cuando se fueron todos, yo me quedé recogiendo. Leo se acercó a mí por detrás, exactamente igual que había hecho en el *escape room*, me pasó las manos por las caderas y me dijo al oído:

—No sé cómo he aguantado toda la noche sin besarte.

—Me has besado en la sala de máquinas.

—Ahí me has besado tú.

—Nos hemos besado los dos, ¿o es que no querías besarme?

—No quería hacerte sentir incómoda delante de mis amigos.

—Si me hubieras besado delante de ellos, no me habría importado lo más mínimo.

—¿Ah, no? Pensaba que te daba vergüenza...

—Me daba palo no caerles bien, no que me quisieras en público.

—Me lo apunto para la próxima porque se me ha hecho muy difícil, la verdad. ¿Eres consciente de lo increíble que eres?

—¿Por qué dices eso?

—Ya sabía que iba a pasar, pero te los has metido a todos en el bolsillo, hasta a Álex.

—Pues él a mí no me ha caído muy bien que digamos.

—Es especial.

—Definitivamente.

—Creo que Ana se ha enamorado de ti.

—Yo me he enamorado de los dos.

—¿De Ger también?

—Es guapísimo, ¿eh?

—¿Ah, sí? Se lo voy a decir, que no se lo tiene nada creído.

—Pero ¿qué dices? Me ha parecido el más atractivo de todos.

—Eh, frena ahí, que me pongo celoso.

—Sin contarte a ti...

—Ah, bueno, entonces sí. Mañana se lo digo.

—No, a ver si Ana se va a poner celosa.

—No creo que eso pase después de doce años de novios.

—Son geniales, me encantaría tener una relación como la que tienen ellos.

—¿No la prefieres como la que tenemos nosotros?

—Nosotros acabamos de empezar.

—Y ya somos infinitamente mejores que ellos.

—Qué subidito te me pones con alcohol, ¿no?

—Los borrachos nunca mienten.

—Llévame a tu cama, borrachito.

58

El sexo como canal de comunicación para expresar lo que no se puede decir

Fuimos a su habitación y definitivamente él iba algo más pedo que yo, él se había bebido tres copazos y yo solamente uno, así que pude coger por fin las riendas de la nave. De normal, el muy cabrito siempre mandaba él, que estaba muy guay, pero a mí también me gusta ser la jefa de la cama.

Así que nada más entrar lo empujé para que se apoyara contra la pared y empecé a besarle, con pasión, con lujuria, con muchas ganas. Tenía clarísimo que quería explicarle con sexo lo que había guardado dentro de mí, lo que había sentido esa noche, lo agradecida que me sentía por tenerle en mi vida.

Mientras le comía la boca despacio, empecé a desabrocharle los botones de la camisa, dejé que cayera por sus hombros y, cuando ya estuvo en el suelo, empezó el reguero de besos. Comencé por los hombros, por las clavículas, y cuando llegué al esternón cambié los labios por la lengua. Poco a poco fui deslizándome hacia abajo, centímetro a centímetro, barriga, ombligo y más abajo aún, sin dejar de mirarle.

—Karma, me estás volviendo loco.

—Es justo lo que quiero.

Muy despacio, sin prisa, le solté el cinturón, quité la hebilla y lo dejé ahí sin sacarlo del pantalón. Desabroché el botón, bajé la cremallera y, clavándole las uñas en las nalgas, deslicé los dedos deliberadamente despacio para deshacerme del calzoncillo y del vaquero, todo a la vez.

Cuando la ropa llegó al final de las nalgas, su pene estaba a punto de salir disparado en dirección a mi cara, pero aún aguantaba dentro de su cárcel, entonces aproveché para sacar mi lengua una vez más y pasarla por su pubis, lento..., muy lento, quería que me necesitara, que no pudiera más, que me suplicara.

—Karma, por favor, no sigas haciéndome esto.

Miré hacia arriba y tenía la cabeza apoyada en la pared, los ojos cerrados y los labios apretados. Yo estaba de rodillas frente a él, cachonda perdida, sintiendo que tenía todo el poder en mí.

Terminé de bajarle los pantalones y los calzoncillos, el proyectil salió de su cueva y me dio las buenas noches. Me hice a un lado y empecé a echarle el aliento despacio, desde el tronco hasta la punta, desde el lado derecho y desde el izquierdo... Lento, muy lento.

—¿Quieres que te la chupe?

Miré hacia arriba y su mirada fue toda la respuesta que necesité. Tenía las pupilas dilatadas, me penetró con sus ojos, pude ver la necesidad, el deseo, las ganas, la lujuria.

Me chupé el labio inferior mientras lo miraba, después me lo mordí, cogí su polla con las manos y me la metí en la boca. Solo la punta, empapada en mi saliva, como si fuera un chupa chups. La saboreé, la succioné, la metí, la saqué, me la dejé dentro y jugué con mi lengua, le di varios golpes secos contra ella...

—¿Quieres más?

—Lo quiero todo.

Y de una me la metí entera, me llegó hasta la garganta y me provocó una arcada. Lo oí gemir como nunca antes lo había hecho. Grave, animal, intenso, más primitivo que nunca. Repetí la operación varias veces, la sacaba y la metía, intentando que aguantara cada vez más en el fondo de mi garganta.

—Si lo haces una vez más, me corro.

—Todavía no.

Me puse de pie, lo cogí de la mano y lo llevé a la cama, empecé a desnudarme deprisa, sin quitarle la vista de encima a su polla.

—Qué cachondo me pone cuando la miras así.

—La quiero dentro.

—Ven, que te la voy a meter hasta el estómago.

—No, hoy te follo yo.

Fui a la mesilla de noche, cogí un condón, rasgué el envoltorio y se lo puse, sin prisa pero sin pausa. Cuando estaba bien colocado, él se lo terminó de acomodar.

—¿Estás listo?

—Siempre.

Me subí sobre él, pero de espaldas, en cuclillas. Empecé a botar sobre su miembro sin piedad alguna, haciendo más sentadillas que en toda mi vida. Arriba y abajo, violenta, sin cuidado, con fuerza. Notaba su pene dentro de mí, estaba empapada y lo estaba gozando muchísimo, pero esa noche no se trataba de mi placer, sino del suyo.

Apoyé las rodillas en la cama, también las manos, prácticamente me tumbé sobre sus piernas y empecé a sacarla y a meterla despacio, con mi culo en pompa.

—¿Disfrutas de las vistas?

—Creo que son las más bonitas que he visto en mi vida.

—Méteme un dedo en culo.

—¿Seguro?

—Seguro.

Sin dejar de moverme, noté cómo su dedo empapado jugaba con la entrada de mi ano, lo presionaba. Yo no podía dejar de moverme, adelante y atrás, adelante y atrás, despacio, como una serpiente, ondeando mi cuerpo sobre el suyo.

Empecé a aumentar la velocidad, apartó el dedo para empaparlo en su saliva de nuevo y esta vez presionó con más fuerza, hasta meter la primera falange. Estallé. El orgasmo llegó a mí sin pedir perdón ni permiso, me sentía empoderada, primitiva, sucia, libre, dueña de mí misma.

Cuando terminaron las sacudidas decidí volver a ponerme en cuclillas y saltar sobre él sin miramientos de nuevo, deprisa, sin pausa. Sus manos acompañaban mi ritmo agarrando con fuerza mis caderas. Me ayudaba a subir y a bajar, sin piedad.

—Karma, me corro.

—Córrete, Leo, córrete para mí.

Me obedeció.

59

Empieza la vida de pareja

Ahora llega el momento en el que no quiero hacerme repetitiva, no quiero describiros los casi cien días que pasaron prácticamente igual. Casi cada día después de trabajar me iba a su casa, ¿porque me apetecía? Sí, pero también porque jamás salió de él venir a la mía.

Seguí quedando con sus amigos los fines de semana, fuimos algún día a Getafe para que no tuvieran que venir siempre ellos. Me hice muy amiga de Ana, llegamos a quedar las dos a solas varias veces, nos íbamos al centro, tomábamos café y mirábamos alguna que otra tienda. Ella me hablaba de Ger y yo le hablaba de Leo, intentaba sacarle información cada vez que podía sobre si les hablaba de mí cuando yo no estaba.

—Karma, no he visto a Leo así en mi vida, ni con su novia de cinco años.

—¿Así, cómo?

—Pues así de enchochado, hija, que solo tiene ojos para ti.

—Qué exagerada eres.

—Exagerada, dices. Pero ¿tú has visto cómo te mira?

—Lo quiero muchísimo, tía.

—Se os nota.

Y los días pasaban y yo seguía en mi nube, tenía a Roberto mosca en casa más veces de las que me habría gustado, pero creo que renunció al enfado y a seguir intentando convencerme de algo que nos iba a pasar. Por mucho que lo intentara, mi cuerpo y mi mente estaban siempre puestos en Leo; real pienso que menos mal que tenía curro, porque si no viviría dentro de su casa.

Las conversaciones intensas siguieron, los secretos a media voz eran nuestro día a día, ver películas frikis una detrás de otra era una rutina... De verdad, estaba viviendo lo que siempre había querido vivir. ¿Y el sexo? De increíble a más increíble todavía.

Experimentamos, metimos juguetes en la cama, probamos posiciones, lugares... Todo. Así estuvimos hasta el día de su cumpleaños, me vine arriba con el regalo, os lo aviso ya, pero es que no podía hacer otra cosa.

El 7 de febrero quedamos con sus amigos para celebrarlo, fuimos a cenar al De Cháchara, después nos tomamos varios cócteles en un bar de Huertas y, cuando íbamos bien entonados, entramos en Medias Puri. Lo dimos absolutamente todo, llegamos a casa a las siete de la mañana y dormimos hasta el mediodía. Cuando despertamos le di un sobre con su regalo.

—¿Qué es esto?

—Tu regalo de cumpleaños.

—Karma, no me tenías que regalar nada.

—Me apetecía hacerlo.

—¿Qué es?

—Ábrelo y lo ves.

Procedió a abrir el sobre y leer lo que había en su interior.

—¿Me estás vacilando?

—No.

—¿Me lo estás diciendo en serio?

—Sí.

—Pero ¿cuándo?

—La semana que viene.

—¿No trabajas?

—Me he pedido el sábado.

—Te quiero.

Y se hizo el silencio unos segundos. Era la primera vez que alguien pronunciaba esas palabras. Lo miré, se me empañaron los ojos y no pude no devolverle el sentimiento.

—Yo también te quiero.

Al finde siguiente nos fuimos a Roma.

60

A Roma con amor

No he podido resistirme a poner ese título, ya lo siento.

Nos fuimos solamente una noche, salimos el sábado de Barajas a las cinco de la madrugada y volvimos el domingo a las once de la noche.

Cuando llegamos al aeropuerto de Roma cogimos un autobús y fuimos hasta el hotelito que había cogido cerca de la Fontana Di Trevi. Era medio cutre, pero mi sueldo de teleoperadora tampoco daba para mucho más.

En recepción nos dijeron que no tendríamos disponible la habitación hasta las doce (siempre he odiado esa mierda de los *check-in*), así que dejamos las maletas y nos fuimos a visitar Roma dando un paseo tonto a primera hora de la mañana.

Decidimos andar sin rumbo, nuestros pasos nos llevaron por la via della Dataria, la recuerdo perfectamente porque era cuesta arriba y no me di ni cuenta hasta que lo oí quejarse. Íbamos de la mano recorriendo la ciudad, como dijimos al principio de conocernos.

Vimos plazas, parques, monumentos, estatuas. Me flipó Roma y su decadencia, la gente me había dicho que era una ciudad sucia, yo la encontré una ciudad viva, repleta de historia, de bullicio y de turistas.

Quise alquilar una Vespa para sentirme Lizzie McGuire con Paolo por la ciudad, pero ninguno de los dos nos atrevíamos a conducir una moto en una capital europea que no conocíamos por primera vez en nuestra vida. Descartamos la idea no sin yo quejarme lo mío.

—Eres un aburrido.

—Y tú, una temeraria.

—Solo se vive una vez.

—Y no quiero que esa vez se termine hoy.

—Mimimimimi...

—Pero, mírala... Conduce tú, no te jode.

—No, yo no. Que nunca he cogido una moto.

—Anda, toma, ni yo.

—Pero tú usas más el coche que yo.

—¿Qué tiene eso que ver con una moto?

—¿De verdad no me vas a dejar cumplir mi sueño?

—Te pongas como te pongas, no vamos a alquilar una Vespa.

—¿Voy a poder cantar al menos en el Coliseo vestida de verde?

—Karma, estás fatal. ¿Qué dices ahora?

—¡¿No has visto *Lizzie McGuire*, la película?!

—¿Qué película?

—Hilary Duff, la película de *Lizzie McGuire*.

—Veía la serie con mis hermanas, creo. Es la que tiene un dibujo de ella misma, ¿no?

—¿Estás reduciendo la obra maestra de Disney a «la que tiene un dibujo de ella misma»?

—Te tomas muy en serio la vida.

—Esta noche la vemos.

—¿Hemos venido a Roma a ver una película de Disney?

—LA película, querido.

—No tenemos televisión con internet, lista.

—Pero sí wifi.

—No tenemos ordenador.

—Pero sí móvil.

—¿Pretendes que veamos una película los dos en el móvil?

—LA película.

—Bueno, pues ¿pretendes que veamos los dos LA película en un móvil?

—Sí.

—Estás fatal.

Lo estoy, es posible, pero no podía dejar que mi novio fuera mi novio sin haber visto *Lizzie McGuire*. Era o eso o cortar con él. Una tiene sus principios.

61

Pasta y pizza, pizza y pasta

Comimos más en dos días que en toda nuestra vida, pero es que no podíamos rechazar la gastronomía italiana.

Antes de que acabáramos en el hotel viendo LA película en el móvil, sí, lo hicimos, no sé por qué seguís juzgándome y dudando de si fue verdad: pateamos la ciudad que da gusto.

Primero desayunamos unas porciones de pizza para llevar, después fuimos a la habitación del hotel a dejar las maletas, echamos un kiki rápido en la ducha, nos cambiamos y salimos a la calle para comer algo rico.

De camino al restaurante que vimos que merecía la pena en Google pasamos por la Fontana Di Trevi, por el Panteón y por unas cuantas iglesias más que el señorito quería visitar porque salían en *El código Da Vinci*. La Vespa no, pero buscar todas las localizaciones que quería el señorito, sí.

Yo me pedí pasta al pesto y él a la carbonara, les pasó por el grupo una foto a Ger y a Ana de mí con mi plato, les dijo que me lo iba a comer en su honor. Nos besamos cada diez minutos de media y, después de comernos un *gelatto* de Frigidarium (nos habían dicho que eran los mejores calidad-precio y tenían razón), fuimos a hacer un *free tour*.

La mejor alternativa siempre para conocer una ciudad

cuando no tienes el tiempo suficiente para visitarla. Nos tocaron dos guías que se iban turnando, él era un poco imbécil y hacía chistes de cuñado todo el rato, y ella era lo más.

Recorrimos la ciudad junto a un grupo de españoles y latinoamericanos todo el rato abrazados, de la mano y con las bocas pegadas. Si yo estuviera en ese grupo de gente sin ser nosotros, nos odiaría, pero como yo era la prota de la vergüenza ajena, me la sudó lo más grande.

Llegamos a una parte que sin duda fue mi favorita y no esperaba encontrármela en Roma, el barrio judío. Soy una APASIONADA del tema, he leído mil libros al respecto, me flipa muchísimo todo lo que tiene que ver con los campos de concentración, el Holocausto y la cultura judía en su conjunto.

Sin ser consciente me alejé de Leo para poner todos los sentidos en lo que nos estaba contando la guía en ese momento, teníamos nuestros pies sobre la historia de un pueblo que ha sufrido como ninguno. Nos contó casos concretos muy morbosos sobre distintas víctimas, lloré como siempre hago cuando oigo algo así, di las gracias al universo por la suerte que tenía de ser quien soy y recé un par de oraciones por las víctimas que allí habían sufrido.

No soy creyente, pero fui a catequesis de pequeña y no puedo evitar echarme unos rezos cuando no sé qué hacer y quiero ayudar a alguien. Puede que sea inútil, pero me alivia y siento que he hecho algo por esas personas.

Necesito oraciones para agnósticos, ahí lo dejo.

Justo ahí terminó el tour, yo me quedé un poco tocada

del ala, Leo le dio dinero a la chica y yo me alejé un poco para contemplar la arquitectura y las ruinas de aquella zona, que estaban junto al Teatro Marcelo.

Leo se me acercó y me dio un abrazo, yo volví a llorar otra vez, no sé muy bien por qué. Si porque llevaba semanas sin hacerlo, si realmente las víctimas del Holocausto me llegan al fondo del alma o simplemente porque necesitaba llorar y me sentía segura para hacerlo.

No me preguntó por qué lloraba, solamente me abrazó en silencio.

Ese lugar de Roma siempre será mi favorito.

62

Ya ha visto Lizzie McGuire, puede seguir siendo mi novio

Cogimos pizzas para llevar, estábamos muertos en vida, yo había vaciado todo mi drama y estaba dispuesta a ser la chica dicharachera y sonriente de siempre.

Llegamos al hotel, se duchó él primero y yo después. Cuando salí estaba medio dormido en la cama, me dio pena y pretendía dejarlo así, pero de repente se despertó cuando llegué a la cama y me senté allí con la espalda apoyada en el cabecero, móvil en mano, que aquí solamente os hablo de él, pero todo ese tiempo yo tenía una familia con la que hablaba de vez en cuando en Burjassot.

Se me abrazó como un koala y puso su cabeza encima de mis tetas (nadie sabe cuánto le gustaba ese sitio, de verdad os lo digo). Yo creía que se iba a dormir, pero de repente empecé a notar una lengua juguetona por mis pezones...

—¿No estás cansado?

—Mucho.

—Entonces ¿qué haces lamiéndome las tetas?

—Es que me las has puesto en la cara, no me puedo resistir.

—Yo no te he puesto nada, que has venido tú.

—Lo mismo me da que me da lo mismo.

—A mí no me enciendas, que tengo la mecha corta.

—Uf, no, follar ahora no, que no tengo fuerzas.

—Pues aleja tu lengua de mis pechos.

—Es ella, que tiene vida propia, yo no la controlo.

—Pues como se ponga tonta, me la planto en el chumino.

—¿Chumino?

—En mi pueblo se llama chumino, ¿en Madrid no?

—Por Dios, no, qué palabra más fea.

—¿No estás cansado para discutir?

—Sí.

—Pues ale, duerme.

—Ahora no tengo sueño, solo tengo el cuerpo cansado, pero la mente está activa.

—¿Quieres mandarle un audio a tu suegra?

—La boca también la tengo cansada.

—Pero si hace dos segundos me estaba comiendo las tetas...

—Está cansada para hablar.

—Tienes un morro que te lo pisas.

Empezó a acariciarme la tripa (no sexualmente), mientras yo les decía a mis padres, hermano, amigas y Rup que estaba sana y salva, que el primer día en Roma había sido lo más y que no quería que llegara el día siguiente porque no quería volverme a España. No pude terminar porque alguien estaba por la labor de no dejar que me concentrase.

—Me aburro, ¿qué haces?

—Escribirle a mi familia para decirles que estoy bien. ¿Tú le has escrito a tu madre?

—No, señora.

—¿Y a qué esperas?

—Ella ya sabe que estoy bien.

—Pues no estaría de más que lo sepa por ti y no por su instinto de madre.

—Pero si sabe que me he venido de viaje, nunca nos escribimos.

—Pues me parece fatal, la mujer tiene derecho a estar tranquila.

—Nerviosa seguro que no está.

—Leo...

—Vaaaaaaale, voy.

Jamás entenderé esa manía tonta que tienen los hombres de no escribir o llamar jamás, que no te digo que estés todo el día actualizando tu posición, pero qué menos que un «mamá, estoy bien, Roma es genial».

—Hecho, ¿ahora qué hacemos?

—¿Vemos la peli?

—¿No prefieres ver *El código Da Vinci*?

—Ni de coña.

—Es que la tuya no me va a gustar.

—Leo, no blasfemes en mi presencia.

—No me gustan esas películas.

—No me seas hetero básico, por favor te lo voy a pedir.

—Veeeenga, vale, póntela.

Solo os digo que me quedé medio dormida y me despertó cantando «*Hey now*».

—Buah, menudo peliculón.

—Te lo dije.

—Y encima mañana vamos al Coliseo. ¡¿Grabamos el videoclip allí?!

—Habrá mucha gente.

—Pero no nos conoce nadie.

—Por mí, sí, pero tú te vas a rajar y me vas a romper las ilusiones.

—Mañana me compro algo verde, yo quiero ser Isabella.

Definitivamente era el amor de mi vida.

63

Los viajes (desgraciadamente) no son eternos

Al día siguiente me despertó con su boca en mi chocho, y no iba a ser yo quien se quejara de la situación. Echamos un polvazo estupendo en la cuna de la cultura occidental y bajamos a desayunar al bufé libre.

Los desayunos de bufé libre de hotel deberían ser patrimonio de la humanidad, y no estoy dispuesta a discutirlo con nadie. Nos pusimos morados a huevos revueltos, salchichas, fruta fresca, queso italiano, pan tostado... Diez de diez.

Salimos de allí después de haber recogido toda la habitación, porque los *check in* son a las doce, pero los *check out* son a las diez. Malditos hoteles.

Salimos de allí, dejamos las maletas en el cuarto que tienen todos los hoteles para eso y nos dirigimos a ver el Coliseo, pagamos la entrada y grabamos un intento de videoclip de *What Dreams Are Made Of*, algo que se quedará en el disco duro de mi existencia hasta el fin de mis días.

Real creía que él no sería capaz de hacerlo ni de coña, pero una vez más me sorprendió siendo la mejor Isabella que he visto en mi vida. Íbamos mirando YouTube mientras grabábamos, no nos quedó más profesional porque no teníamos operador de cámara. Lo que sí teníamos era público, teníamos a toda la peña entretenidísima con nuestra *performance*.

Salimos de allí y fuimos al Vaticano, porque en ese país sucedía la escena final de *El código Da Vinci* y porque no nos podíamos ir sin verlo. Pagamos los más de veinte pavos para entrar y no solamente ver la plaza y la iglesia principal; merecieron la pena.

Hubo un momento en el que llegamos a un pasillo que era larguísimo, era todo de color dorado, estaba repleto de cuadros, los frescos en el techo eran una absoluta pasada, y de repente me sobrecogió muy duro aquella escena, cuánta riqueza, cuánta belleza, cuánta pasta tenía la puñetera Iglesia. El *stendhalazo* que me dio fue real.

Comimos en una pizzería justo enfrente, yo pedí *cacio e pepe* y él *aglio e olio*. Volvimos a Frigidarium porque no me podía ir de allí sin pedirme otro *gelatto* de avellanas, nos sentamos en la piazza Navona a comerlo y a morir un poco del cansancio. Aún quedaban un par de horas para salir hacia el aeropuerto y ya no podíamos ni con nuestra alma.

Estuvimos sentados casi una hora entera, en silencio, viendo a la gente pasar, yo con la cabeza apoyada en su pechito, sentada entre sus piernas.

De repente noté que el silencio pasó de ser cómodo a ser intenso, caí en la cuenta de que se había echado hacia atrás no sé en qué momento y sus brazos ya no estaban rodeándome.

—¿Pasa algo?

—Nada, estoy cansado.

—¿Seguro?

—Segurísimo.

Y me acalló con un breve piquito.

Decidimos ponernos en marcha, ir hasta el hotel a por las maletas y pedir el taxi para llegar al aeropuerto, no estábamos para más autobuses. Recuerdo que casi ni hablamos en todo el trayecto. Llegamos pasadas las once a Barajas, cogimos su coche, que estaba en el aparcamiento, me dejó en casa, me dio un beso en los labios y nos despedimos.

¿Por qué acababa de terminar el viaje más increíble de mi vida y tenía una sensación tan fea en el cuerpo?

64

La semana del silencio

Esa noche dormí en casa. Cuando me desperté a la mañana siguiente empecé a recoger toda la habitación, deshice la maleta, puse lavadoras, cambié las sábanas, encendí incienso y, como no podía estarme quieta, acabé limpiando toda la casa. Hice la comida para Rup y para mí, él apareció por la puerta cuando estaba poniendo la mesa.

—Madre mía, hija, te voy a pagar un viaje cada semana, has dejado esto como los chorros del oro.

—Me apetecía un *reset*.

—¿Qué tal Roma?

—Increíble, volvería mil veces. ¿Tú qué tal?

—Es preciosa, sí. Pues yo un poco hasta el moño, la verdad, ha sido una mañana dura. Cuando llega el cambio de temporada es un horror, aún no estamos en marzo y ya estamos poniendo la ropa de verano.

—¡¿Ya?!

—Sí, hija, sí, parece que tienen prisa porque llegue el calor, qué horror.

—El verano es la mejor estación del año.

—Sí, claro, y yo juego al fútbol todos los fines de semana. Qué pintón, ¿qué es?

—Pasta que te he traído de Italia con setas y queso gorgonzola.

—Creo que te amo.

—No lo crees, lo haces.

Salí de allí pitando en dirección al curro. Desde el día anterior que no hablaba con Leo, pero asumí que era cosa del resacón emocional. Al final, la vuelta de un viaje siempre se hace un poco cuesta arriba y, después de tantas horas juntos, creo que ambos necesitábamos un *break*.

Llegué a casa esa noche, el curro fue bastante sin más, día rutinario en la oficina con cafecito junto a Mar. Roberto me recibió con una sonrisa de oreja a oreja.

—¿Tú por aquí?

—Hombre, es mi casa.

—¿Comida y cena el mismo día? Esto es nuevo.

—Qué tonto eres.

—He hecho pizza casera, caliéntala un poco y ponemos *Equipo de Investigación*.

—Uf, qué planazo.

—Ya te digo.

¿Comer pasta y cenar pizza después de haber vuelto de Roma? Una tiene que darse sus caprichos...

65

Miércoles y sin noticias

El martes fue prácticamente idéntico al lunes. La diferencia es que, en lugar de limpiar toda la casa, fui a la piscina: en noviembre había descubierto la natación y encontré el deporte de mi vida. Me daban clases en el gimnasio, la profe era simpatiquísima, yo me sentía una sirena y, cuando terminaba, me iba a las termas a destensar.

Era un gimnasio de burgueses, supercaro en realidad, pero era el único que había en mi barrio. Como no me lo podía permitir, me lo pagaban mis padres, que una es independiente, pero no del todo.

Comí con Rup, fui al curro, pasó la tarde sin pena ni gloria, volví a casa, nos pusimos *Stranger Things* y cenamos una ensaladita riquísima que preparó el colega.

Me desperté el miércoles y ya sí que era oficial que pasaba algo con Leo, pero no sabía el qué. No fue como la vez anterior, que yo estaba en un sinvivir, estaba esperando a que fuera él quien hablara, no sé muy bien por qué.

¿Me pasaba algo a mí? A día de hoy sigo pensando que no, simplemente creo que me cansé un poco de ser siempre yo la que estuviera encima todo el rato. De repente me pareció atractivo volver a tener algo de tiempo para mí misma y no le di tanta importancia, pero sabía que algo raro había.

Decidí escribirle por WhatsApp pero sin plantear drama de por medio:

Buenos días, emperador romano, desde el domingo que no sé nada de usted.

Él estaba en clase y yo sabía de sobra que no me contestaría hasta la hora del comedor, cuando terminara con los chavales.

Hola, Cleopatra, lo mismo digo.

¿Te apetece que nos veamos esta noche?

Hoy estoy un poco reventado, ¿te importa que esperemos al finde?

Qué va, no te preocupes, el finde está bien. Yo también me estoy tomando la semana un poco sabática.

¿Viernes?

Perfecto, ¿vienes a mi casa y conoces a Roberto?

Es que he invitado a estos a jugar a juegos de mesa. ¿Sábado?

Él tiene curro todo el sábado. Si eso, el domingo comes en casa con nosotros.

Perfecto, pero el sábado cenamos juntos, que te quiero llevar a un sitio guay.

Tupendo! ¿Pues viernes, cuando salga del curro, voy a tu casa, os veo un rato y el sábado me recoges y vamos a cenar?

¡Hecho!

Decidí dejar de rayarme, no pasaba absolutamente nada. Simplemente llevábamos dos meses viéndonos casi a diario, era normal que cada uno recuperara su vida normal y ya empezáramos a espaciar el tiempo compartido. Estar juntos 24/7 teniendo él la treintena y yo casi era inviable.

66

La trilogía del horror

Ese fin de semana fue el peor que recuerdo en mucho, muchísimo tiempo. Voy a contároslo como yo lo viví, probablemente él tendrá su versión, pero bueno, si la quiere contar que escriba un libro. Os lo describo como lo viví yo, luego ya reflexionamos juntas.

Viernes, después de Roma y toda una semana sin hablar, únicamente tuvimos la conversación del miércoles, en la que cerramos planes para el finde. A mí ya me había entrado el gusanillo de él y la verdad que estaba deseando verle. Muy guay lo de hacerme la fuerte y hacerme creer que no le necesitaba, pero eso no se lo creía nadie. Ni yo misma.

Salí del curro volando, me monté al metro, me retoqué el maquillaje, llegué a su casa pasadas las once de la noche. Efectivamente, estaban todos allí: Ger, Ana, Alberto, Álex y Ginés. Estaban jugando a juego «de los difíciles». Tenían mil juegos de mesa, los típicos en plan *Monopoly*, *Risk*, el *Uno* y tal, y después tenían los de los frikis expertos, que usan regla, compás, cartabón y toda la pesca.

Entré por la puerta y él no salió a recibirme. A mí me pareció superraro, pero tampoco le quise dar más importancia. Me abrió Ana, me dio dos besos y me dijo:

—Anda, ven, que está la partida superinteresante, te explico cómo va el juego.

—Hombre, Karmita, bienvenida a la nave del terror. Te va a flipar este juego, ¿lo conoces? —me dijo Ger.

—Uy, pues no lo había visto en mi vida, ¿de qué va?

Me explicaron las reglas, pero la verdad es que era supercomplejo y, estando la partida tan avanzada, poca cosa pude entender. Leo ni siquiera me miró, estaba todo el rato con la cabeza agachada, con la vista puesta en el tablero. Me preguntaron qué tal el día Alberto y Ginés, Álex no me dijo nada, pero sinceramente tampoco me importaba.

Yo estuve todo el tiempo buscando a Leo, pero, claro, al no abrirme él la puerta, no saludarme y ahora ni mirarme, pues tampoco quise invadirle más, porque evidentemente estaba más interesado en el juego que en mí. Los primeros quince minutos soporté estoica, pero luego me vine abajo y solo tenía ganas de llorar. ¿Qué mierdas le pasaba? ¿Por qué ni siquiera me miraba?

Me disculpé, dije que me encontraba mal y me metí en su habitación. Ana me preguntó si me acompañaba, pero yo le dije que no. Que terminara el juego y que suerte, que yo iba con ella, que ganara por mí.

Entré en la habitación, cerré la puerta, me senté en la cama y lloré. Qué sensación tan horrible, oír cómo están todos pasándolo increíble en la habitación de al lado y tú sola con un huevo en la garganta, aguantando el llanto porque tampoco quieres ser una ridícula.

A los cuarenta minutos entró Leo. Oí cómo todos se iban. En cuanto abrió la puerta yo me puse de pie, ya no había rastro de lágrimas en mis ojos, pero sí que los tenía hinchados. Él no se fijó en eso (o no quiso fijarse).

—Hola, bombón, qué guapa estás esta noche.

—¿Verdad que sí?

—¿Te encontrabas mal?

—Sí, me duele un poco la cabeza, la verdad.

—¿Quieres un ibuprofeno?

—*Nah*, no te preocupes, aguanto.

—Entonces, si te duele la cabeza, no quieres hacer nada, ¿no?

—¿Qué me propones?

Me cogió por la cintura y me besó. No fue como siempre, ni mucho menos. Yo solo quería llorar, pero mi estúpida manía de no decir qué siento ni cómo lo siento para no hacer sentir mal al otro ganó la partida.

Me callé y no le dije que me sentía como una mierda, que me había parecido horrible que ni me hubiera mirado a la cara cuando estaban sus amigos delante, que me había hecho sentirme pequeña, poca cosa, insignificante.

Me callé y follé con él, sin ganas, sin querer en realidad, sin estar por la labor. Fue el peor polvo que echamos con muchísima diferencia, yo era una muñeca y él hacía conmigo lo que quería. ¿Lo notó? Si así fue, no dijo ni mu.

67

Huyamos

Cuando terminamos, se quedó dormido. De normal siempre había abracitos, arrumacos, nos dormíamos piel con piel, pero esa noche no. Esa noche había un océano entre nosotros. Tendría que haberme ido a casa, yo no quería estar ahí, no tenía ningún sentido pasarme la noche en vela a su lado.

Pero no lo hice, una vez más. Levantaría sospechas, al día siguiente me preguntaría si me pasaba algo, y ¿qué le iba a contestar? ¿Que no entendía su cambio de actitud? ¿Que quería que, si yo estaba delante, me hiciera caso a mí y pasara de sus amigos? ¿Que quería que notara que me pasaban cosas cuando yo no era capaz de comunicarlas?

Pues no, eso no entraba dentro de mis planes, pensaba seguir hacia delante como una imbécil sin expresar mis necesidades, mis emociones, mis sentimientos.

Aguanté hasta que fue una hora decente, dormité algo, pero apenas dormí. Me levanté, me vestí, cogí mis cosas y le di un pico antes de salir de la habitación. Se medio despertó y, medio dormido, me dijo:

—¿Ya te vas?

—Tengo planes con Rup.

—Pero ¿no trabajaba hoy?

—Sí, sí, por eso me voy tan temprano, vamos a desayunar antes de que entre.

—Ah, vale. ¿Nos vemos esta noche?

—Sí, claro, a cenar, ¿no?

—Sí, que por la tarde tengo partido.

—Vale, descansa, anda.

Lo vi cómo se giraba y se acomodaba para dormir antes de salir de la habitación. Cerré la puerta despacio y la primera lágrima de los cientos que se venían cayó lentamente por mi mejilla.

68

El día de los altibajos

Llegué a casa y Roberto no estaba, le había echado una mentira piadosa a Leo. Realmente curraba todo el día, tenía doce horas de turno y hasta las diez de la noche no volvería.

Lloré todo lo que la noche anterior no me había permitido llorar, a lágrima viva. Odié la sensación de estar encerrada y sola, de sentirme una loca que lo saca todo de quicio, me volví a sentir Laura, volví a sentirme como cuando Damián estaba en mi vida.

Me sequé las lágrimas y me prometí a mí misma que no, que yo no me volvería a sentir así jamás por nadie. Que a la próxima diría lo que me pasaba y, si él no lo sabía entender, lo mandaría a la mierda, pero no me podía permitir que Laura volviera a salir a flote, yo ahora era Karma. Fuerte, empoderada, dueña de mi propia vida.

Hice videollamada con mi madre y con mis amigas, les conté lo que me había pasado y todas coincidieron en que igual estaba siendo un poco tremendista. Que había sido superfeo eso de no saludarme y pasar de mí, pero que si en realidad él se tomaba esos juegos tan en serio pues que era medio justificable, pero que cuando lo viera esa noche se lo dijera. Lorena me hizo literalmente el *speech* de lo que tenía que decirle:

—Tú lo coges por banda y le sueltas: «Mira, Leo, ayer me hiciste sentir como una mierda. Yo entiendo que los juegos de mesa son superimportantes para ti y me parece genial, pero, por favor, si yo llego a un sitio y tú estás dentro, te pido que me saludes, me des un pico, me preguntes qué tal el día y ya después sigas a lo tuyo, pero así yo me quedo tranquila y sé que no te pasa nada conmigo».

—¿Se lo digo así, tal cual?

—Claro, tía, tú no le eches la culpa a él, dile que es por cómo te sientes tú. Que a lo mejor para él no es importante lo de no saludarte y eso, pero tú sí que le das importancia.

—Si es que al final tampoco estoy pidiendo nada del otro mundo.

—Claro que no, amor, tú cada vez que tengas un problema de estos se lo dices, le explicas que es por tu movida, que no es que él lo haga mal, que en realidad sí que es, pero que es por ti. Así ellos se sienten menos mal y no salen a la defensiva, son como niños pequeños.

—No se rayará, ¿no?

—Pues no creo, pero si se raya es que es un gilipollas y no te merece.

—Vaaaaaaale.

—Karma, no seas tonta, ¿eh?, que tienes que pedir lo que tú necesitas.

—Lo sé, lo sé.

—No, lo sé, no... En cuanto le veas, se lo sueltas.

—Que sííííí.

—¿Me lo prometes?

—Te lo prometo.

Le colgué y pensé: «No he cruzado los dedos», como si tuviera quince años... De verdad que me caigo fatal. Me pasé el resto de la tarde ensayando en mi cabeza qué le diría y cómo se lo diría. Probablemente muchas de vosotras estaréis pensando que soy imbécil, que tampoco era para tanto. Bueno, chicas, aquí cada una tiene sus traumas y se los gestiona como puede. Lo que para ti no es nada para mí es un mundo y ya está. No me justifico más.

Le escribí como a las ocho de la tarde para saber a qué hora pasaría a por mí:

Pues aún no hemos entrado a la cancha, que están los anteriores todavía, se me va a hacer medio tarde.

No te preocupes, que yo mañana no curro, pero dime hora aprox.

Pues yo creo que las diez y media / once se me hacen.

Vale, sin problema, yo estoy lista sobre las diez y ya me dices cuando vengas.

Va, *perfect*, a las diez pillo el móvil un segundo y te digo cómo va la cosa.

Duermes hoy en mi casa?

Eh..., vamos viendo.

Oye, no tengas morro, que siempre duermo yo en la tuya!!! Además, si mañana vienes a comer, pues ya estás aquí.

Va, *perfect*, duermo allí.

Me puse *Piratas del Caribe* para hacer tiempo, le escribí a Mar para ver cómo les había ido la tarde (librábamos un sábado de cada cuatro y ese me tocaba a mí). Me dijo que estaba siendo un soberano aburrimiento porque casi no entraban llamadas y empecé a arreglarme.

Me esforcé muchísimo en ponerme guapísima porque tenía tiempo de sobra, la verdad. Me depilé, me maquillé, me cambié de conjunto como cuatro veces... Bueno, bueno, bueno, me puse que ni en *Lluvia de estrellas*.

A las nueve y media ya estaba más que lista, me senté en el sofá a esperar y esperé.

Y esperé.

Y esperé.

Y esperé.

69

Efectivamente, no vino

Le mandé un mensaje a las diez y media.

¿Cuánto te queda?

No recibí respuesta, y no sé por qué, pero no me sorprendió. Me lo esperaba. Llamadme bruja, creed que tengo una intuición de oro o lo que os dé la gana, pero en cuanto fueron las diez y no recibí ningún «Salgo en quince, me ducho y tiro para allá», supe que no llegaría ningún mensaje en ningún momento.

Y yo hice algo que se me da genial: lloré y lloré y lloré.

Me miré a mí misma, me vi sola en mi sofá, pintada como una puerta, con un body nuevo que no me podía permitir, tacones listos para pisar fuerte y unos rizos que pocas veces en mi vida me habían quedado tan bien. Me sentí ridícula.

A las doce y media entró por la puerta Roberto, que había ido a cenar con su compi de curro. Me vio con la botella de vino blanco casi terminada en la mesa, el rímel por la barbilla y estrenando ropa, no entendió nada.

—¡Pero bueno! ¡¿Se puede saber qué ha pasado aquí?!

—No me quiere, Roberto, me va a dejar ya.

—¡Pero ¿qué dice, señora?!

—¡Que no me quiere!

—Menudo pedo llevas encima, Karma María... Anda, vamos a la ducha.

—No me quiero duchar, ya me he duchado antes.

—Pues te duchas otra vez, mueve el culo.

De las situaciones más surrealistas que hemos vivido jamás. Yo, pedísimo, sentada en el suelo de la ducha; él en una banqueta detrás, con el cepillo en la mano y desenredándome el pelo.

—¿Me vas a contar ya qué ha pasado?

—Pues que no me quiere.

—¿Por qué dices eso?

—Ayer fui a su casa, no me saludó, luego follamos, pero yo en realidad no quería follar, hoy habíamos quedado para cenar y no ha venido.

—¿Te ha dejado tirada?

—Sí.

—Mira, Karma, esto te lo voy a repetir mañana, porque vas pedo y no te vas a acordar, pero también te lo voy a decir ahora. Gírate y mírame a la cara. —Lo hice y casi me mato. Al final me planté frente a él, sentada a lo indio, completamente desnuda y con todo el maquillaje corrido por la cara—. No conozco de nada a ese chico, solo veo lo que tú traes a casa y no me gusta nada. No es que no me guste él, es que no me gusta cómo eres tú con él. Parece una droga, Karma. ¿Y en esta casa consumimos drogas?

—Bebemos alcohol.

—Bueno, ¿consumimos drogas ilegales?

—No...

—Pues ya está, yo no quiero drogadictas aquí metidas. Tienes mono de él todo el rato, no sabes vivir alejada de su persona, te has olvidado del planeta. Yo ya te dije que no te iba a decir nada, que ya te la pegarías tú solita, pero es que no puede ser, amor. No puedes estar así de enganchada a alguien, por el amor de Jesucristo, mírate. Que te has emborrachado sola en casa vestida de boda...

—Me ha dejado plantada. —Remarco que esto lo dije en medio de un llanto digno de madre que ha perdido a su hija en mitad de África.

—Si es que es un gilipollas. Pero tú eres mucho más que él, que tú estás hecha de piedra, coño. Límpiate la cara y levanta el chocho de la ducha, que hoy va a ser el último día que te voy a ver llorar por un hombre.

Me levantó, me puso el pijama y me metió en su cama. Me acosté en su pechito y me estuvo acariciando el pelo hasta que me dormí.

Spoiler: ese sí que era mi hogar.

70

El día que se conocían Leo y Rup

A la mañana siguiente me desperté con una resaca del demonio (la cual me merecía por gilipollas) a las doce pasadas. No sé cuántas horas dormí, pero muchas. Cuanto más lloras, más duermes. No es una ley universal, pero debería serlo.

Cuando salí, Roberto me tenía un desayuno preparado, había bajado a la panadería y había subido una barra de mi pan favorito, había hecho zumo de naranja natural y me había cortado fresas en un bol.

—Si es que yo no sé para qué quiero novio teniéndote a ti.

—Yo tampoco lo sé.

—¿Será por el sexo?

—Sobrevalorado.

—Definitivamente. Está bien, pero no es para tanto.

—Se puede vivir sin sexo perfectamente.

—Me voy a comer solo las fresas y el zumo, ¿vale? Que teóricamente viene a la hora de comer y no quiero hincharme.

—Pero ¿va a venir?

—Teóricamente te he dicho.

—¿Y por qué no le preguntas?

—Hombre, espero que lo haga él.

—¿Aún no te ha escrito?

—No. —Me miró con cara de pocos amigos—. No me mires así, Rup.

—Yo no digo nada.

—Cuando no dices nada es peor que cuando lo dices.

—No sé cómo no lo has mandado ya a la mierda. ¿Qué vamos a comer?

—Pues había pensado pillar un pollo del Cusqueño.

—Uf, qué rico, me encanta.

—Es que es domingo de resaca.

Siempre que nos emborrachábamos al día siguiente comíamos pollo asado.

—Es lo que toca, sí.

A las dos en punto salí de casa de camino al mejor peruano de Madrid, que casualmente está en mi barrio. Pillé un pollo completo, dos salsas verdes y una ensalada. Volví a casa y, viendo que Leo no me decía nada, le escribí yo, tragándome mi orgullo una vez más.

¿A qué hora piensas venir? Estamos Roberto y yo esperando, la comida está en la mesa.

Karma, no tengo hambre.

Pues te bebes un café, dijimos que lo conocerías hoy.

Hablamos a la tarde, que no me encuentro bien.

Se cerró el búnker y yo me metí dentro de él. Tal cual. Ahí decidí que se había terminado todo. Me la había liado tres veces en tres días. Primero, lo de sus amigos; después me había dejado tirada sin decirme nada y ahora no venía a comer, sabiendo lo importante que era para mí que conociera a Rupert.

Me senté a la mesa, Roberto hizo lo mismo y comimos pollo con un *Equipo de Investigación* de fondo.

—¿Qué hacemos esta tarde?

—¿Vamos al teatro?

—Me parece un planazo, mira a ver qué hay.

Y no lloré, no lloré ni una sola lágrima. Os juro que me dolió tantísimo que la única alternativa que encontré fue la de sacar el amor propio a flote.

¿Tres días seguidos jugando conmigo? No, señor, eso no iba a pasar. No pensaba volver a caer en el pozo, no iba a vivir un Damián 2.0 (salvando las distancias), no iba a volver a hundirme por un hombre.

Esa tarde fui al teatro, cenamos en casa, seguimos con *Stranger Things*, escribí una reflexión en mis notas del móvil y me fui a dormir más pancha que ancha.

A veces me encantaría entenderte, a veces me encantaría entenderme, a veces me encantaría entendernos.

Qué difícil es intentar ser una misma, qué difícil romper con lo aprendido, qué difícil encontrar la valentía para hacer lo que debe ser hecho.

Jamás he sabido hablar, soy más de demostrar.

Jamás he sabido decir, soy más de enseñar.

Jamás he sabido comunicar, soy más de tocar.

Ojalá saber sacar fuerzas de donde no las hay, plantarme frente a ti y decir que te necesito, que te quiero cerca, que no quiero vivir sin ti.

Sin embargo, callaré, me encerraré en el silencio de mi habitación y aprenderé a vivir sin ti.

Acabas de llegar y ya quieres irte, vuela libre, joven Padawan.

No me perderé a mí misma por encontrarte a ti.

71

El fin

No hablamos en toda la semana. La pasé como una zombi por casa, pero en ningún momento le escribí. Sentí varias veces la necesidad, pero me controlé, me prometí a mí misma que no volvería a caer en lo mismo y lo conseguí.

El sábado me llegó un mensaje suyo:

Creo que nos debemos una conversación.

Lo leí en el momento, pero no le contesté hasta que pasaron cinco horas, de manera deliberada.

¿Tú crees?

¿Estás pasivoagresiva?

Para nada, solo que yo no tengo nada que decirte.

Genial, estás a la defensiva.

Si quieres te hago una ola
y te doy una serenata.

¿Podemos vernos?

No puedo, hoy me viene mal.

¿Mañana?

Ya veré, es mi día libre
y lo quiero aprovechar.

Me sentí fatal en cuanto vi que no me contestaba, los pensamientos intrusivos recorrieron mi mente a doscientos kilómetros por hora, pero me dio exactamente igual. Me mantuve fuerte. Rota, pero fuerte.

El domingo me escribió a las seis de la tarde.

¿Puedes darme un par de horas?

Depende, ¿vas a venir tú a mi barrio?

Claro, en media hora estoy allí.

Al vernos, no nos dimos ni dos besos, la tensión estaba en el ambiente, él estaba callado, yo estaba enfadada. Nos fuimos al Verde y a día de hoy aún me maldigo a mí misma por haberlo llevado allí, aún me duele pisar esa cafetería, y era mi favorita.

—¿Qué te pasa, Karma? ¿Por qué no me has escrito en toda la semana?

—¿Que qué me pasa a mí? No, guapo, no. ¿Qué te pasa a ti?

—A mí, nada, eres tú la que estás rara.

—¡¿Cómo?!

—Baja la voz, que estamos en una cafetería.

—Perdón. A mí no me pasa nada.

—No, a mí sí que no me pasa nada.

Hice de tripas corazón, me llené los pulmones de aire y me decidí a hacer algo que nunca jamás he hecho: hablar. Pero hablar de verdad, hablar con el corazón, con las entrañas, desde el estómago, desde mi necesidad. Le dije todo lo que pensaba y sentía, lo hice porque le quería, le quería de verdad y no deseaba perderle por ser una imbécil que no sabía decir lo que quería.

—Mira, Leo. Te voy a ser sincera. Estuve todo el fin de semana pasado llorando a moco tendido. No soporto la idea de perderte, de que me trates como no me merezco. No quiero soportar que cuando te dé el venazo pases de mí, me trates como si no fuera importante para ti y pretendas que no haya consecuencias.

—¿A qué viene todo eso?

—El viernes, cuando quedamos y entré por la puerta de tu casa, ni me miraste a la cara.

—Karma, estaba jugando, sabes que me lo tomo muy en serio.

—Todo tu grupo se lo toma muy en serio y todos sacaron tiempo para saludarme y explicarme de qué iba el juego. Tú ni siquiera hiciste contacto visual conmigo.

—¿Y eso por qué no me lo dijiste en el momento?

—Porque tengo miedo de perderte, no quiero presionarte, no quiero demandar lo que debería salirte solo. Por Dios, Leo, que soy tu novia. Que entro a una habitación y lo mínimo que espero es que me saludes.

—Bueno, te pido perdón, no sabía que te había molestado.

—¿Y lo del día siguiente, Leo? Que me arreglé, que estaba lista desde las nueve y media de la noche, que te estuve esperando hasta casi las once y media en mi sofá como una gilipollas.

—Karma, tenía sueño, pasé por casa y, cuando me duché, me quedé sobado.

—¡¿Y no me podías mandar un mensaje, no me podías avisar?! ¿No me podías decir que no te apetecía? ¿Que no me querías ver? ¿Y lo del domingo? Llevamos tres meses juntos, Leo, ¡tres meses! Y aún no conoces a la persona más importante para mí aquí, en Madrid. Yo conozco a todo tu puto grupo de amigos. ¿Te pido que vengas a conocerle y no apareces?

—Yo qué sé, Karma, no tenía hambre.

—Estupendo, entonces ¿tus excusas son que te tomas los juegos de mesa muy en serio, que tenías sueño y que no tenías hambre?

—Pero es que es así.

—Y una polla, Leo. Y una puta polla.

—¿Por qué no me crees?

—Porque es mentira. Llevamos juntos tres meses, algo te conozco, tío. Desde que volvimos de Roma estás superraro, me tratas diferente y, si pretendes que yo me conforme con esta mierda que me has ofrecido estos quince días, estás muy, pero que muy equivocado. Yo no vuelvo a pasar por algo así.

—¿Por algo así?

—Déjalo.

—Karma, yo no puedo pagar por los traumas que tengas con tus ex.

—¿Perdona? Uffff... Mira, me voy, paso de hablar más.

—Estupendo, pírate y déjame con la palabra en la boca.

—¡¿Con la palabra en la boca?! ¿Es que tiene algo que decir el señor caca, culo, pedo, pis?

—No seas cruel.

—¡¿La cruel soy yo?!

—Cálmate y vamos a hablar bien.

—Venga, calmada, cuéntame.

—No estás calmada.

—Leo, no me toques el coño. Dime lo que me tengas que decir.

—Karma... Creo que tienes que ir a terapia.

—¡¿Cómo?!

—Si cada vez que no pueda hacer un plan contigo te vas a poner así, esto no va a funcionar.

—¡Lo que me faltaba por oír! Ahora sí que me piro.

—Te lo estoy diciendo súper en serio. No puede ser que, porque una semana no pueda quedar como a ti te gustaría, me líes este pollo.

—Leo, que te vaya muy bien en la vida. Hasta luego.

Y me fui.

Me fui llorando como en las puñeteras películas y encima empezó a llover, no subí a casa porque no quería que Roberto me viera así. Lloré durante horas bajo la lluvia, sentada sola en un banco y, cuando me quedé sin lágrimas, subí a casa con la promesa de que sería la última vez que lloraría por Leo.

72

Mi vida sin Leo

Todo esto pasó el domingo 8 de marzo de 2020. La semana siguiente se decretó el estado de alarma en España y llegó el confinamiento.

Encerrada en casa, con toda la amalgama de sentimientos que tenía como un huracán por dentro... Leo no me volvió a escribir, eso era lo que tenía yo grabado a fuego en mi mente.

El confinamiento me obligó a parar, a pensar, a darme cuenta de todo lo que había pasado. Mi problema iba muchísimo más allá de Leo y, aunque me jodiera reconocerlo, tenía razón, necesitaba ir a terapia.

No es que él me hubiera hecho daño, es que yo había volcado en él todo lo que me faltaba en la vida. Tenía un trabajo de mierda, estaba frustrada en todos y cada uno de los sentidos, mi vida llevaba casi dos años sin rumbo. Había dejado el teatro, la cultura, el arte. Me había abandonado ante un ordenador y un pinganillo, había caído en la rutina, había dejado de ser yo misma, y él apareció para recordarme que yo soy más, que me merezco más, que me merezco vivir la vida al doscientos por cien. Que yo puedo ser la protagonista de un libro, que yo puedo tener mi propia comedia romántica.

Me hundí en lo más hondo de mi ser, puedo afirmar que caí en depresión. Todos mis días eran teletrabajo, videojuegos y tabaco. Sí, empecé a fumar como un carretero, cuando yo no había probado un cigarro en mi vida. Me puse el modo avión y ni siquiera pasaba por la ducha. Pero, después de estar así varias semanas, me levanté, me reconstruí y volví a creer en mí misma, sin él.

Decidí que no deseaba una vida mediocre, que quería volver a viajar, estudiar, montarme mi propia compañía, conseguir un trabajo que me gustara de verdad, aprender a quererme sin necesitar a alguien, dejar de buscar constantemente la validación masculina, dejar de buscar el amor como si fuera la única respuesta a todas mis preguntas.

Comencé a subir contenido a las redes sociales hablando de todas estas cosas que se me habían pasado por la cabeza durante el confinamiento, subí vídeos haciendo el canelo con Roberto, empecé a crecer en redes sociales sin saber cómo.

Cuando terminó el estado de alarma y me dejaron salir de casa, bajé a Burjassot con mi ordenador de El Corte Inglés bajo el brazo. Me fui a casa de mis padres una temporada, ahorré mucho dinero, dejé que me mimaran y me cuidaran. Volví a ver a Lidia después de años sin ir a terapia.

Volví más fuerte que nunca a ser yo, pero yo de verdad, me dediqué tiempo para saber realmente quién quería ser.

Recuerdo un texto que escribí en mitad de mi proceso terapéutico que iba para Leo y jamás le envié, como todos los que hacía, pero este en concreto lo quiero compartir con vosotras:

A veces me gustaría escribirte, decirte que te echo de menos, que te quiero, que desde que no estás no sé qué hacer con estas ganas de amar, que desde que no te veo juego a imaginar qué hacen tus manos cuando no me pueden acariciar, que desde que tu ausencia es mi fiel compañera mi boca sonríe a medio gas.

No me quiero engañar, no me gustaría escribirte. Me gustaría verte, tocarte, sentirte, morderte, acariciarte, dormirte, vivirte. Me gustaría compartir contigo cada milésima de segundo del tiempo que se me ha dado, del tiempo que siento que pierdo desde que no estás, del tiempo que dejó de merecerse a sí mismo a partir de tu partida.

Nunca te he engañado, siempre te dije la verdad, a pesar del dolor, del miedo y de los monstruos. A pesar de las diferencias, de los escalones y de los abismos. A pesar de ellos, de ellas y de nosotros. A pesar de todo, a pesar de nada, a pesar del peso.

El peso que se acumula en el pecho, en la espalda y en las arterias. El peso que no me deja mirar hacia arriba, ni hacia delante, ni hacia ninguna dirección que no sea mi pasado contigo. Cómo pesa el peso del recuerdo, cómo pesan mis noches sin ti, cómo aplasta mi rutina sin la tuya, mi espejo sin tu mirada desde dentro, mi alma desde que no te rezo.

A veces me hago la fuerte y me creo a mí misma, a veces pienso que puedo y lo consigo, a veces vivo sin ti y vivo. Por eso sé que puedo, por eso sé que te superaré, por eso sé que volveré a ser yo. No sé si antes, no sé si después, no sé cuándo, pero lo haré. Me haré, me reconstruiré, me moldearé a mi antojo, haré de mí misma lo que quiera y lo haré sin ti.

Mis pensamientos crujen como huesos de fantasmas, mi corazón se resquebraja por falta de amor propio, mi cara está menos bonita porque mi interior está a medio marchitar. Menos mal que aprendí a temer al segador y no a la lluvia. Menos mal que aún quedan tormentas que me rieguen, menos mal que mi alrededor es experto en hacerme florecer, menos mal que el sol lo llevo por dentro y siempre podré crecer en esa dirección.

Me dueles, me frenas, me paralizas. Pero a la vez me impulso, me lucho, me gano. Mi yo puede contra mi otro yo.

Porque yo siempre seré yo, a pesar de ti.

73

Por fin lo entendí

Al día siguiente de escribir ese texto me teñí el pelo de rojo fuego, quería verme distinta en el espejo, quería ser yo misma por primera vez en la vida. Siempre he querido ser pelirroja por la maldita Roberta de *RBD* y por fin lo hice, a un año de cumplir los treinta.

Después de meses volví a Madrid, a mi pisito, con mi Roberto, escribimos una obra de teatro juntos, dejé El Corte Inglés y me lancé a la piscina. Salió estupendamente, pero este libro no va de eso.

Este libro va de cómo creemos constantemente que el amor será nuestra salvación y no siempre tiene que ser así. El amor propio, ese sí, ese sí que es el bueno.

Lidia me recomendó que escribiera este libro, que le contara al mundo todo lo que tenía guardado dentro y no me atrevía a compartir, y aquí lo tenéis, queridas.

Para poder escribirlo como se merecía releí todas mis conversaciones con Leo dos años después. Vi que me había escrito varias veces durante toda una semana después de la conversación final en el Verde y yo no respondí, me di cuenta de que intentó salvar la situación y yo no quise ceder, me di cuenta de que yo tenía mi propia versión y no llegué a escuchar la suya, no le permití que de verdad pudiera abrirse, no quise ir detrás para que me explicara de verdad qué le había pasado.

Le pasaba algo, eso lo sabía yo y lo sabía él, pero su estúpida manía de no contar las cosas que le pasaban (como me sucedía a mí) hizo que todo terminara casi antes de empezar. Luego, al parecer, quiso poner remedio, pero para mí fue demasiado tarde.

¿Me equivoqué? ¿Debería haberle respondido? ¿Quizá habríamos quedado de nuevo, me habría contado lo que realmente le pasaba, yo lo habría entendido, habríamos pasado el confinamiento juntos y, hoy en día, estaríamos viviendo felizmente en un mismo piso? Pues puede ser, pero eso jamás lo sabremos.

Ahora me justifico diciendo que yo no estoy para ir detrás de nadie suplicando explicaciones, que yo no soy la psicóloga de ningún hombre, que estoy harta de luchar contra la masculinidad tóxica. Pero no os negaré que no dejo de repetirme esos «¿Y si...?».

Cuando lo releí todo para sentarme a escribir estas páginas me replanteé volver a escribirle, tomarnos un café después de dos años para darnos las explicaciones que no nos dimos en su día, pero no lo hice.

A lo que he venido aquí es a contaros el aprendizaje más valioso que me llevé de aquella relación.

Lo que aprendí a raíz de mi relación con él es que Laura y Karma son la misma persona.

No hay dos yoes luchando dentro de mí y de vez en cuando sale una y luego sale la otra. Son la misma persona. Soy la misma persona.

Yo soy Laura, la insegura, la tímida, la niña gorda que llora porque nadie la quiere. Yo soy Karma, soy la mujer empoderada, la pava que pone los ovarios encima de la mesa y saca su vida adelante con una sonrisa por bandera. Yo soy la chica que sufre y soy la chica que ríe. Yo soy la mujer llena de complejos y la tía con más autoestima que ha pisado el planeta Tierra. Yo soy la chica que tiene ansiedad social porque ya no es tan graciosa como antes y también soy la tiarrona que se sube a un escenario y pone a todo el público en pie.

No hay dos yoes, soy una única persona, y entender eso me cambió la vida para siempre.

Ama tus luces y tus sombras, ama las partes que te encantan de ti misma y las que no te gustan tanto, párate a conocerte, descúbrete a ti misma, dedícate tiempo de calidad y aprende a ser tu mejor amiga. Quiere cada centímetro de tu ser, solo así serás capaz de estar en paz contigo misma.

Luego, ya que lleguen o se marchen los Leo que haga falta, aquí la única que importa eres tú y, querida, nuestra mejor arma siempre será el amor propio.

Epílogo

Sábado 26 de noviembre de 2021. Teatros Luchana de Madrid. Me tiemblan hasta las pestañas de los nervios, la presión y la ansiedad. Mi cabeza no deja de repetir en bucle «lo has conseguido, Laura, lo has conseguido».

Oigo aplausos, gritos, pasión. Oigo a un público enardecido que me mira. Yo miro, pero no veo. Hay cabezas, hay personas, trato de volver al presente, de conectar con lo que estoy viviendo. Noto que hay lágrimas en mis ojos, ¿desde hace cuánto estoy llorando? Vale, creo que estoy disociada. No pasa nada, no es la primera vez que me pasa, oigo la voz de Lidia en mi cabeza «respira Karma, tú respira, no te olvides de respirar, conecta con tu respiración».

Se ha terminado la función, hemos llenado un teatro, ya no trabajo en El Corte Inglés, Roberto me está dando la mano derecha, Maggie también me aprieta con fuerza la izquierda. De repente el aire entra en mis pulmones, dejo de oír todo como si estuviera dentro de una pecera y vuelvo a la realidad.

Miro al público y sigo llorando, pero esta vez siendo consciente, me lleno el pecho de lo que me ofrecen, respiro hondo, guardo dentro de mí cada pedacito de amor que me están regalando.

Hemos estrenado nuestra primera obra de teatro en Madrid, ya no hay Corte Inglés, ahora hay devoción por el que desde ahora es mi trabajo. Soy actriz. Siempre lo he sido, pero a partir de ahora cobraré por ello. Tengo la mejor compañía posible: Roberto como dramaturgo y director, Maggie como compañera de tablas. Os la presentaré en algún momento, os va a caer increíble. La miro y le sonrío, qué afortunada soy de que haya aparecido en mi vida.

Miro al público y veo a mis padres, a mi yaya, a mis padrinos, a mi hermano, a mis amigas del pueblo, a mis amigos de la universidad y a él.

¿A él? ¿Qué? ¿Cómo? Espera, espera, espera. ¿Es él?

El mundo vuelve a desaparecer, nos miramos, él sonríe y aplaude, está de pie. Me mira como hace casi un año, me atraviesa con sus ojos. Llevamos más de nueve meses sin vernos y ahí está, entre el público.

Me quedo quieta, paralizada, casi sin respirar. ¿Qué hace ahí? ¿Por qué ha venido? ¿Desde cuándo sabe qué estoy haciendo con mi vida?

Roberto me aprieta la mano, «Karma, ¿qué pasa?». Ya no lloro. Me tira del brazo y empiezo a moverme como una autómata. Vamos detrás del escenario, cierra la puerta, me coge de los hombros, me mira y me pregunta.

—Karma, ¿qué pasa? ¡Me estás asustando!

—Leo.

—¿Como que Leo?

—Que está en el público.

—¿Me estás vacilando?

—No.

—Pero ¿has hablado con él?

—Qué va, desde que lo dejamos prácticamente nada.

—Pero ¿y este pavo?

—No entiendo nada.

—Yo menos.

Cuando subí al camerino tenía un WhatsApp suyo.

Siempre supe que lo conseguirías. Enhorabuena, pequitas, no puedo estar más orgulloso de ti.

Cuando bajé a saludar a todo el mundo, él ya no estaba.

Banda sonora

Narciso, ℗ 2022 Elefant Records, interpretada por Pipiolas.

Mi cama huele a ti, ℗© 2012 Black Market Records, interpretada por Tito el Bambino.

Fuerte y lento, ℗ Factoría Madre Mastodonte, interpretada por Mastodonte.

Todo, ℗ 2005 Sony Music Entertainment España, S. L., interpretada por Pereza.

Para quedarte, ℗© 2015 Altafonte under exclusive license from A Volar Music, interpretada por El Kanka.

What Dreams Are Made Of, ℗ 2003 Walt Disney Records © 2021 Disney Enterprises, Inc., interpretada por Hilary Duff.

Agradecimientos

Sé que ya le he dedicado el libro entero, pero no puedo no agradecerle a mi tete, a mi hermano, a mi compañero de vida, la paciencia, el cariño y la devoción con la que cuida mi trabajo, mi vida y mis decisiones. Siempre serás la voz que entra en mi cabeza cuando estoy perdida. Gracias, Joaquín, por ser, por estar y por no alejarte de mí jamás, aunque la distancia nos separe. Gracias por regalarme a Victoria y a Joaquín Jr. Desde que aparecieron soy infinitamente más feliz, gracias de verdad.

Gracias a mis padres, por darme lo más valioso que tengo en esta vida, mis principios. Gracias por enseñarme a ser, por dejarme ser, por darme espacio para crecer siempre en la dirección que necesito. Soy la mujer más afortunada del mundo por ser vuestra hija, jamás podré repetiros lo suficiente lo orgullosa que estoy de teneros. Sois ejemplo de trabajo, sois referentes de vida, sois lo que espero algún día ser.

Gracias a mi familia, por ser el entorno perfecto en el que haber crecido. A mis padrinos, a mi yaya, a mi abuelito, a mis tíos, a mis tías, a mis primos y a mis primas. Qué orgullosa estoy de mis dos apellidos.

Gracias a mis amigas, las de toda la vida. Gracias, Lorena; gracias, Carmen; gracias, Marta; gracias, Laura. Gracias por ser amigas desde la barriga, gracias por el pegamento invisible que aún nos une, gracias por inspirarme, por aguantarme y por quererme a pesar de ser un completo y absoluto desastre. No sé qué sería de mí sin vosotras.

Gracias a mis amigos, los de Madrid. Gracias, Maggie; gracias, Alejandro; gracias, Ger. Gracias por ser respiro, por ser bocanada de aire, por ser la luz que necesito en los momentos más oscuros. Siempre salváis mis días, aunque no os dedique todo el tiempo que me gustaría.

Gracias a mi familia, la de Madrid. Gracias, Isabel y Carlos. Ya no me imagino una vida sin vosotros, un propósito sin vosotros, un objetivo sin vosotros. Sois faro, sois guía, sois mi casa. Me pierdo más de lo que querría, pero saber que siempre podré volver a vosotros me deja dormir tranquila. Somos empresa, somos pasión, somos hogar. Gracias por acogerme, por quererme, por cuidarme y por dejarme ser yo misma, sois lo más valioso que tengo.

Gracias a mi familia de internet. A las mujeres empoderadas que me enseñaron que el camino del amor propio existe, mención especial a Weloversize (Elena y Rebeca, sois todo lo que está bien en esta vida) y a mi Mara Jiménez, que la saqué de internet y ahora la tengo en cada pedazo de mi ser. Gracias por inspirarme cada día que pasa, compañeras, nos queda una larga vida juntas.

A mis seguidoras y a mis pocos seguidores. Gracias por acompañarme en el camino, gracias por apoyar cada paso, gracias por no alejaros de mi lado. Estas páginas son por y para vosotras, gracias por permitirme escribirlas.

Gracias a Esther Escoriza, al grupo Planeta en general y a Esencia en particular. Por confiar en mí, por hacerlo todo tan fácil, por permitir que este sueño sea una realidad. Aún no me creo que estas páginas existan, y sin vosotros no hubiera sido posible. Gracias, de corazón.

Y para terminar… Me doy las gracias a mí. Por abrazarme, por perdonarme, por creerme, por atreverme, por no abandonarme, por confiar siempre en mí. Lo has conseguido, pequitas, una vez más.

Pd: gracias también a mi amigo Damián, que me regaló la lista de Spotify con la que se ha escrito todo este libro completo. «Turbochill» ha sido la BSO de *Yo siempre seré yo, a pesar de ti*. Ya me ha regalado «Turbochill 2», ahí lo dejo. Si os apetece escucharla, este es el enlace: https://tinyurl.com/2oxe8lpq o puedes escanear este código: